DROIT AU
CŒUR

AUTEURE DE BEST-SELLERS CLASSÉS AU NEW YORK TIMES

Te désirer

T'enflammer

T'envoûter

L'HOMME DU MOIS

Qui sera votre Homme du mois ?

Lorsqu'un groupe d'amis à la détermination farouche apprend que son bar préféré risque de fermer ses portes, ils prennent les choses en mains pour faire revenir les clients séduits par la concurrence. Investis d'une énergie vibrante, ils ripostent sous la forme d'épaules larges, de tablettes de chocolat et de torses nus : ceux d'une douzaine d'hommes du coin qu'ils tentent de convaincre, par la douceur et par la force, de participer au concours de l'Homme du mois pour leur grand calendrier.

Mais le sort de leur bar n'est pas le seul enjeu. Au fur et à mesure que la température monte, chacun des hommes va rencontrer sa moitié dans cette série de douze romances sexy et légères que vous ne pourrez pas lâcher jusqu'à la dernière page, sous la plume de J.

Kenner, auteure de best-sellers classés par le New York Times.

— Chacun de ces tomes aborde une intrigue qu'on adore retrouver dans les romances – la belle et la bête, le bad boy milliardaire, l'amitié transformée en amour, l'histoire de la seconde chance, le bébé secret et bien plus encore – pour une série qui touche au cœur et à l'âme de la romance. — Carly Phillips, auteure de best-sellers classés par le New York Times

Ne manquez aucun tome de la série pour savoir à quel homme du mois ira votre préférence !

Chaque tome de la série est un roman indépendant qui ne laisse pas le lecteur sur sa faim et se termine toujours bien !

DROIT AU CŒUR

AUTEURE DE BEST SELLERS CLASSÉS AU NEW YORK TIMES

M&O

Traduit de l'anglais par Catherine Tessier pour
Valentin Translation

- *Droit au cœur* - Original publié en anglais en 2018 sous le titre (Down On Me)
- *Droit au cœur* Copyright © 2018, 2019 Julie Kenner
- Extrait de *Vague à l'âme* (Hold On Tight) Copyright © 2018, 2019 Julie Kenner
- Extrait de *Nos adorables mensonges* (Lovely Little Liar) Copyright © 2017, 2019 Julie Kenner

- Traduit de l'anglais par Catherine Tessier pour Valentin Translation
- Conception graphique de la couverture par Michele Catalano, Catalano Creative
- Image de la couverture par ©fxquadro (Deposit Photos)

ISBN : 978-1-949925-62-3

Publié par Martini & Olive Books

v-2020-1-26P

UN

Reece Walker faisait courir ses paumes sur les fesses lisses et savonneuses de la femme dans ses bras. Il savait qu'il allait droit en enfer.

Non parce qu'il avait couché avec une femme qu'il connaissait à peine. Non plus parce qu'il l'avait attirée dans son lit avec une série de bourbons au moment opportun et de semi-vérités particulièrement inventives. Pas même parce qu'il avait menti à son meilleur ami, Brent, sur la raison qui l'empêchait de l'accompagner à l'aéroport pour récupérer Jenna, le troisième élément de leur trio amical qui perdurait depuis toujours.

Non, Reece était condamné à la fournaise ardente, car c'était un connard en rut qui n'avait même pas le cran de dire à la beauté nue qui était avec lui dans la douche que ce n'était pas à elle qu'il avait pensé ces quatre dernières heures.

Si ce n'était pas l'un des chemins menant tout droit

en enfer, il le méritait pourtant.

Il laissa échapper un soupir de frustration et Megan pencha la tête en levant un sourcil interrogateur. Elle fit glisser sa main vers son sexe en érection, qui ne démontrait absolument aucune culpabilité quant à sa prochaine descente aux enfers.

— Est-ce que je t'ennuie ?

— Pas vraiment.

Ça, au moins, c'était la vérité. Il se sentait comme un salopard, oui, mais assez satisfait.

— Je te trouve magnifique.

Elle sourit, à la fois gênée et flattée... et Reece se sentit encore plus coupable. Qu'est-ce qui n'allait pas chez lui ? Elle *était* magnifique. En plus d'être sexy, drôle, et d'avoir de la conversation. Sans oublier qu'elle était douée au lit.

Mais elle n'était pas Jenna. C'était une comparaison ridicule, bien sûr, parce que Megan n'était qu'une aventure alors que Jenna était sa meilleure amie. Elle lui faisait confiance. Elle l'aimait. Malgré le fait que sa queue se dressait à l'idée de faire toutes sortes de choses délicieuses avec elle au lit, Reece savait très bien que cela n'arriverait jamais. Il ne risquerait pas leur amitié. De plus, Jenna ne l'aimait pas de cette manière. Ce n'était jamais arrivé et cela n'arriverait jamais.

Voilà pourquoi, en plus d'un millier d'autres raisons, Jenna était totalement hors de portée.

Dommage que son imagination fertile n'ait pas eu cette information.

Et merde.

Il resserra son étreinte, palpant le postérieur parfait de Megan.

— Oublie la douche, murmura-t-il. Je te ramène dans le lit.

Il en avait besoin. Ce serait bestial. Sexy. Intense. Et surtout, assez obscène pour l'empêcher de penser.

Il ébranlerait la terre entière si cela lui permettait d'arracher Jenna de son esprit... laissant Megan alanguie, gémissante et comblée. Sa culpabilité. Son plaisir. Au moins, l'un des deux en sortirait gagnant.

Et qui sait ? Il arriverait peut-être à se débarrasser du fantasme de sa meilleure amie.

———

Cela n'avait pas fonctionné.

Reece était étendu sur le dos, les yeux fermés, pendant que Megan suivait du bout des doigts les lignes complexes du tatouage sur ses pectoraux et ses bras. Sa main était tendre et chaude, un contraste frappant avec la baise qu'ils venaient d'échanger... un peu trop sauvagement, un peu trop fort, comme s'ils se battaient au lieu de faire l'amour.

C'était le cas, après tout, non ?

Toutefois, cette bataille s'était soldée par un échec. La victoire lui aurait accordé l'oubli. Or il était là, avec une femme nue à ses côtés, et ses pensées dérivaient vers Jenna, aussi passionnées, intenses et impossibles qu'elles l'étaient depuis cette nuit, huit mois plus tôt, quand la terre s'était soulevée sous ses pieds et qu'il avait commencé à la voir en tant que femme et non plus en tant qu'amie.

Une nuit à en couper le souffle qui l'avait transformé. Jenna n'avait rien remarqué. Plutôt mourir que de le lui faire comprendre un jour.

À côté de lui, Megan continuait son exploration, effleurant du bout des doigts le contour d'une étoile.

— Pas de nom ? Pas d'initiales de femme ou de petite amie cachées dans le dessin ?

Il tourna vivement la tête et elle éclata de rire.

— Oh, ne me regarde pas comme ça.

Elle remonta la couverture afin de cacher ses seins quand elle se redressa pour s'agenouiller à côté de lui.

— Je fais seulement la conversation. Je n'ai pas de projets cachés. Crois-moi, la dernière chose que je cherche, c'est une relation amoureuse.

Elle s'écarta rapidement, puis elle s'assit au bord du lit, lui offrant une vue alléchante de son dos nu.

— Je ne reste même pas pour la nuit.

Comme pour enfoncer le clou, elle se pencha, attrapa son soutien-gorge et commença à s'habiller.

— Alors, c'est un point que nous avons en commun.

Il se rehaussa, s'adossa contre la tête de lit et profita de la vue alors qu'elle se tortillait pour remettre son jean.

— Bien, décréta-t-elle avec conviction.

Pendant un instant, il se demanda ce qui l'avait dégoûtée des relations amoureuses.

De son côté, il n'était pas aigri, mais plutôt désabusé. Il avait eu quelques copines sérieuses ces dernières années, mais cela n'avait pas fonctionné. Peu importe son commencement, invariablement la relation tombait en miettes. Finalement, il avait dû admettre qu'il n'était pas fait pour être en couple. Cela ne voulait pas dire qu'il était un moine, toutefois, malgré les huit derniers mois.

Elle remit son chemisier et regarda autour d'elle, puis elle glissa les pieds dans ses chaussures. Suivant son exemple, il se leva et enfila son jean et son t-shirt.

— Oui ? demanda-t-il en remarquant qu'elle le regardait d'un œil interrogateur.

— En fait, je commence à penser que tu es en couple.

— Quoi ? Pourquoi ?

Elle haussa les épaules.

— Tu étais silencieux pendant un moment, je me suis demandé si je ne t'avais pas mal jugé. J'ai pensé que tu pouvais être marié et que tu te sentais coupable.

Coupable.

Le mot résonna dans sa tête.

— Oui, on peut dire ça, grogna-t-il.

— Oh, *merde*. Sérieusement ?

— Non, répondit-il avec gravité. Pas comme ça. Je ne trompe pas une épouse imaginaire. Je ne le ferais pas. Jamais.

Notamment parce que Reece n'aurait jamais de femme. Pour lui, l'institution du mariage, c'était une vaste blague, mais il ne ressentait pas le besoin de s'en expliquer auprès de Megan.

— Mais pour la culpabilité ? continua-t-il. C'est vrai, j'en ai à revendre.

Elle se détendit légèrement.

— Hmm. Je suis désolée pour la culpabilité, mais je suis heureuse pour le reste. J'ai mes critères et je pense être assez bon juge de la nature humaine. Ça me rend grincheuse quand je me trompe.

— Je ne voudrais pas te rendre grincheuse.

— Oh, tu ne le voudrais vraiment pas. Je peux être une vraie salope.

Elle s'assit au bord du lit et le regarda lacer ses rangers.

— Par contre, si tu ne caches pas de femme dans le placard, qu'est-ce qui pourrait te faire culpabiliser ? Je te rassure, si cela a quelque chose à voir avec ma satisfaction, tu n'as pas aucune crainte à avoir, dit-elle en lui lançant un rictus machiavélique.

Il ne put s'empêcher de lui sourire en retour.

Il n'avait pas invité de femme dans son lit depuis huit longs mois. Au moins, il avait eu la chance d'en trouver une qui lui plaisait.

— Disons que je suis un mauvais ami, admit-il.

— J'en doute.

— Oh, que si, lui assura-t-il en rangeant son portefeuille dans sa poche arrière.

L'ironie dans tout cela, c'était que Jenna chérissait son amitié. Pour elle, c'était le meilleur. L'un de ses frères de cœur, avec qui elle avait prêté le serment du sang l'été de la sixième, presque vingt ans plus tôt.

Du point de vue de Jenna, Reece était aussi bien

que Brent, même si ce dernier avait droit à un bonus parce qu'il allait la chercher à l'aéroport pendant que lui essayait de détruire ses démons intérieurs pour les faire sombrer dans l'oubli. Il tenterait n'importe quoi, à vrai dire, pour exorciser le souvenir de son corps contre le sien, ce soir-là, de ses courbes alléchantes et de son souffle enivrant – et pas seulement parce qu'elle avait bu trop d'alcool.

Elle lui faisait confiance. C'était son chevalier blanc, son noble sauveur, mais lui, tout ce qu'il avait en tête, c'était la sensation de son corps doux et chaud alors qu'il la portait dans l'escalier menant à son appartement.

Un désir sauvage l'avait frappé, cette fois-là, tel un raz de marée d'émotions qui l'avait englouti, dissolvant la coquille de l'amitié pour ne laisser rien d'autre que le désir à l'état brut et une envie si puissante qu'il en était presque tombé à genoux.

Il lui avait fallu toute sa force pour garder ses distances, alors qu'il n'avait qu'une seule envie : couvrir son corps nu de baisers, caresser sa peau et la voir se trémousser de plaisir.

Il avait gagné une rude bataille en mettant un frein à son désir, cette nuit-là. Cette victoire n'avait pas été sans blessures. Jenna lui avait fendu le cœur lorsqu'elle avait dérivé dans le sommeil, dans ses bras, en lui murmurant qu'elle l'aimait... il savait qu'elle le pensait, mais de manière amicale seulement.

Plus que cela, il était conscient d'être le pire connard qui ait jamais foulé cette Terre.

Heureusement, Jenna ne se rappelait pas cette soirée. L'alcool lui avait volé ses souvenirs, la laissant avec une gueule de bois carabinée, et lui avec un trou dans le cœur de la forme de Jenna.

— Alors ? insista Megan. Est-ce que tu vas me le dire ? Ou dois-je deviner ?

— J'ai refusé d'aller voir une amie.

— Et ? Ça ne te donnera certainement pas de points pour devenir l'Ami de l'Année, mais ce n'est pas si terrible. Sauf si tu devais être le garçon d'honneur et que tu n'es pas allé au mariage, ou que tu l'as abandonnée au bord de la route quelque part au Texas, ou encore que tu as promis d'aller nourrir son chat et que tu as totalement oublié. Oh, mon Dieu, pourvu que je n'aie pas tué Félix !

Il retint un rire. Déjà, il se sentait un peu mieux.

— Une amie est rentrée ce soir et je me sens mal de ne pas aller la chercher à l'aéroport.

— Il y a des taxis. Je suppose que c'est une adulte ?

— Oui, en plus, un autre ami y est allé.

— Je vois, dit-elle.

À sa façon de hocher la tête, je compris qu'elle voyait un peu trop bien.

— Quand tu dis *amie*, tu veux dire *petite amie* ? Non. Tu ne ferais pas ça. Alors, ce doit être une ex.

— Vraiment pas, lui assura-t-il. Seulement une amie. Depuis toujours, ou plutôt, depuis la sixième.

— Oh, je vois. Amie de toute une vie. De hautes attentes, elle va être en colère.

— Non, elle est sympa. En plus, elle sait que je travaille habituellement la nuit.

— Alors, quel est le problème ?

Il passa la main sur son crâne rasé. Les cheveux qui y avaient poussé dans la journée étaient rêches comme du papier de verre sous sa paume.

— Je n'en ai aucune idée.

C'était un mensonge, et il se força à sourire. Son problème oscillait entre la culpabilité, le désir et la bêtise pure. Elle ne méritait pas d'en faire les frais.

Il fit cliqueter ses clés de voiture.

— Que dirais-tu d'un dernier verre avant que je te ramène chez toi ?

— Ça ne t'ennuie pas que je joigne l'utile à l'agréable ? demanda Reece en aidant Megan à sortir de son pick-up Chevrolet vintage bleu ciel. En temps normal, je ne t'emmènerais pas sur mon lieu de travail, mais nous venons d'embaucher un nouveau barman et j'aimerais voir comment ça se passe.

Il s'était dégotté un emplacement dans l'un des parkings couverts de la 6ᵉ Rue, à un pâté de maisons du *Fix*. Par habitude, il jeta un œil vers le bar. La lueur qui émanait des fenêtres le détendait. Il n'était pas le propriétaire, mais cet endroit était comme une seconde maison pour lui depuis très longtemps.

— Il y a un nouveau en formation et tu n'es pas là ? Je croyais que tu étais le manager.

— C'est vrai, mais il y a Tyree. Le propriétaire, je veux dire. Il est toujours là quand nous avons une nouvelle personne en formation. Il dit que c'est son travail, pas le mien. Et puis, le dimanche, c'est mon jour de repos et Tyree est pointilleux sur le respect des horaires.

— Dans ce cas, pourquoi tu y vas ?

— Honnêtement ? Le nouveau, c'est mon cousin. Il va certainement mal le prendre que je vienne le surveiller, mais les mauvaises habitudes ont la vie dure.

Michael avait presque quatre ans quand Vincent était mort, et le décès de son père l'avait beaucoup affecté. À seize ans, Reece avait essayé de rester stoïque, mais l'oncle Vincent était comme un second père pour lui et il avait toujours considéré Michael comme un petit frère plus qu'un cousin. Quoi qu'il en soit, à partir de ce jour-là, il avait décidé que c'était son devoir de veiller sur le petit.

— Non, il va apprécier, dit Megan. J'ai une petite sœur. Elle râle quand je viens m'assurer que tout va bien, mais c'est seulement pour faire genre. Elle aime savoir que je suis là pour elle. Pour ce qui est de prendre un verre à ton travail, ça ne me dérange pas du tout.

Comme d'habitude, les fins de soirée le dimanche étaient très calmes, aussi bien au bar que sur la 6e Rue, artère populaire du centre-ville d'Austin, haut lieu de la vie nocturne de la ville depuis des décennies. Cette nuit ne faisait pas exception. À une heure et demie, la rue était presque déserte. Il y avait seulement quelques voitures qui circulaient lentement, leurs phares brillant en direction de l'ouest, et une poignée de couples qui titubaient en riant. Certainement des touristes retournant à leur hôtel du centre-ville.

Nous étions à la fin du mois d'avril et la température printanière attirait les touristes et les locaux. Bientôt, la région et le bar seraient pleins à craquer. Et les dimanches ne seraient plus aussi calmes.

Situé à quelques encablures de l'Avenue du Congrès, la rue principale du centre-ville, *Le Fix* attirait de nombreux touristes et clients aisés. Le bar existait depuis des années, sous différents propriétaires. C'était devenu un incontournable. Il sombrait peu à peu dans la décrépitude quand Tyree l'avait acheté, six ans plus tôt, et lui avait rendu un second souffle par des rénovations amplement nécessaires.

— Tu es déjà venu ici ? demanda Reece en faisant une pause devant la porte vitrée en chêne, ornée du logo familier du bar.

— J'ai emménagé au centre-ville le mois dernier. Je vivais à Los Angeles avant.

Ces mots frappèrent Reece de plein fouet. Jenna rentrait justement de Los Angeles. Une vague de nostalgie et de regret le submergea. Il aurait dû aller avec Brent. Quel genre d'ami était-il, punissant Jenna parce qu'il ne pouvait pas contrôler sa libido ?

Il chassa péniblement ses pensées. Il avait déjà retourné la question dans tous les sens.

— Viens, dit-il en glissant un bras autour de ses épaules, tirant la porte de l'autre. Tu vas adorer.

Il la guida à l'intérieur. Aussitôt, le mélange familier d'alcool et de cuisine du sud lui monta aux narines, ainsi que ce petit parfum indéfinissable synonyme de bons moments. Comme il s'y attendait, l'établissement était presque désert. Il n'y avait pas de groupes, les dimanches soir, et à moins d'une heure de la fermeture, il n'y avait que trois consommateurs dans la salle à l'avant du bar.

— Megan, je te présente Cameron, déclara Reece en sortant un tabouret tout en faisant un signe de tête au barman pour les présentations.

Au bar, Griffin Draper, un client régulier, leva la tête, le visage obscurci par sa capuche, son attention rivée sur Megan qui discutait de la carte des vins avec Cam.

Reece hocha la tête, mais Griffin reporta son attention sur son bloc-notes avec une telle nonchalance qu'il se demanda s'il ne regardait pas dans le vide, perdu dans ses pensées. Il n'avait pas dû voir Reece et Megan entrer. Griff produisait un podcast à succès, qui était devenu une websérie encore plus populaire. Quand il n'enregistrait pas les dialogues, il planchait généralement sur un scénario.

— Alors, où est Mike ? Avec Tyree ?

Cameron fit la grimace. Il semblait plus jeune que ses vingt-quatre ans.

— Tyree est parti.

— Tu te moques de moi. Il s'est passé quelque chose avec Mike ?

Son cousin était un garçon responsable. Il n'avait

certainement pas merdé lors de son premier jour de travail.

— Non, Mike est génial, répondit Cam en faisant glisser un scotch devant Reece. Il est vif, rapide et travailleur. Il est parti il y a une heure, par contre. Tu viens de le rater.

— Tyree a écourté sa journée ?

Cam haussa les épaules.

— Je suppose. Est-ce qu'il devait faire la fermeture ?

— Oui, fit Reece en fronçant les sourcils. Logiquement. Tyree a dit pourquoi il le laissait partir ?

— Non, mais ne t'en fais pas. Ton cousin s'intègre bien. C'est certainement parce que c'est dimanche et que nous n'avons pas beaucoup de travail. Puisque Tyree l'a suivi dehors, devine qui ferme pour la première fois tout seul.

Il avait prononcé cette dernière phrase avec un rictus sarcastique.

— Alors, tu es en première ligne, c'est ça ?

Reece essayait de paraître désinvolte. Il était debout derrière le tabouret de Megan, mais il s'accouda contre le bar en espérant suggérer, par sa posture décontractée, qu'il n'était pas du tout inquiet. Il se faisait du souci, mais il ne voulait pas que Cam s'en aperçoive. Tyree ne laissait aucun employé faire la fermeture tout seul. Pas avant de les avoir formés pendant plusieurs semaines.

— Je lui ai dit que je voulais le poste de directeur

adjoint. Je suppose que c'est sa manière de voir comment je travaille sous pression.

— Sans doute, approuva Reece sans enthousiasme. Qu'a-t-il dit ?

— Pour être honnête, pas grand-chose. Il a pris un appel dans le bureau, il a dit à Mike qu'il pouvait rentrer chez lui, et ensuite, un quart d'heure après, il m'a annoncé qu'il devait y aller aussi et que j'étais l'homme de la situation ce soir.

— Il y a un souci ? demanda Megan.

— Non. Je discute seulement avec mon gars, répondit Reece, surpris par le naturel de sa propre voix.

Parce que, sans trop savoir pourquoi, il avait du mal à accepter ce scénario. Il reporta son attention sur Cam.

— Et les serveurs ?

Normalement, Tiffany devrait être dans la salle pour s'occuper des consommateurs aux tables.

— Il ne les a tout de même pas renvoyés chez eux, eux aussi.

— Oh non, dit Cam. Tiffany et Aly sont prévues jusqu'à la fermeture. Elles sont à l'arrière avec...

Ses derniers mots furent noyés par un cri strident :

— *Tu es ici !*

Reece leva les yeux pour voir Jenna Montgomery, la femme qu'il désirait tant, foncer à travers la pièce et se jeter dans ses bras.

DEUX

— Je ne pensais pas te voir avant demain.

La voix de Jenna était entrelacée d'excitation et elle s'accrochait à lui avec une ferveur joyeuse. Ses bras se resserrèrent autour de son cou, et ses jambes, fortes de plusieurs années de cyclisme dans les collines d'Austin, enserrèrent sa taille comme un étau.

— Quelle merveilleuse surprise !

Lorsqu'elle s'était jetée sur lui, ses longs cheveux roux flottant derrière elle, il avait titubé en arrière sous la force de son enthousiasme, puis refermé les bras autour de ses épaules par réflexe. Maintenant, il continuait de l'étreindre, savourant ce moment de délice volé à la soirée. Ses courbes et les battements de son cœur résonnaient à travers lui. Elle était assez proche pour qu'il puisse compter ses taches de rousseur. Son haleine enivrante au parfum de citron vert, de Corona et de rhum. Comme ce fameux soir.

— Corona arrangée ? murmura-t-il.

Son corps se raidit aux souvenirs de cette fois-là, quand il l'avait tenue ainsi et avait senti cette odeur entêtante.

— Cam m'en a préparé une.

Elle relâcha sa prise. Il fut contraint de la libérer, la laissant glisser hors de ses bras. Cela aurait dû être facile. Pourtant, il avait l'impression de tenir un fil sous tension qui projetait des étincelles, crépitant avec toute la fougue et l'ardeur brûlante qu'il avait tant de mal à réprimer.

Elle commença à se tortiller avec l'intention évidente de se couler le long de son corps, l'utilisant comme une barre de strip-tease. Jenna ne pensait pas ainsi, évidemment. De son point de vue, elle se remettait debout, rien de plus. Mais elle risquait de sentir la preuve ferme et irréfutable de la direction dangereuse que prenait le cours de ses pensées.

Ce serait une très mauvaise chose, pensa-t-il.

Alors, avec un effort héroïque, il mit ses deux mains autour de la taille de Jenna et l'aida à poser ses pieds au sol, la maintenant suffisamment loin de son corps pour éviter tout contact avec son entrejambe.

— En fait, continua-t-elle comme s'il n'y avait pas eu de blanc dans leur conversation. Je pense que Cam devrait m'en faire une autre. Elles sont vraiment fabuleuses.

Elle fit un clin d'œil à Reece, l'œil pétillant.

— *Fabuleuses*, répéta-t-il en plissant les yeux, amusé, feignant la réprobation. Je crois me rappeler que tu disais que c'étaient des cocktails dangereux et sournois, et que je devais être un génie du mal pour les avoir inventés.

Elle haussa une épaule désinvolte en se retournant vers le bar, où Cameron vidait une bouteille de Corona fraîche avant de terminer par une larme de rhum. Ses cheveux lui arrivaient aux épaules, séparés au milieu, formant des couvertures de feu sur ses omoplates.

— C'est vrai, ils sont dangereux et tu es un génie du mal, mais c'est trop bon, reprit-elle. En plus, mon vol a été horrible. Je l'ai mérité.

Elle prit le verre que Cameron venait de préparer, but une longue gorgée et fit entendre un bruit de satisfaction proche des gémissements qu'un homme rêve d'entendre au lit.

Reece se décala, craignant que son érection soit un peu trop voyante. Soudain, ce fut la douche froide. Megan était venue s'asseoir à côté de Jenna, le regard amusé.

— Je suppose que c'est l'amie qui a atterri ce soir ?

— En effet, répondit l'intéressée en tendant la main vers Megan. Je suis Jenna et je suppose que vous êtes la raison pour laquelle mon soi-disant meilleur ami m'a posé un lapin ?

Reece entendit Griff étouffer un rire, plus loin au bar. Il leva les yeux au ciel et regarda Jenna, la mine renfrognée.

— Allez, Jenna, tu sais bien que je...

Elle leva les mains et l'interrompit.

— Je te taquine. Brent pouvait très bien passer me chercher. On dirait que tu avais d'autres plans, de toute façon, ajouta-t-elle en jetant un œil approbateur à Megan avant de prendre une autre gorgée.

Il en eut l'estomac noué. Il voulait lui dire que Megan était une fille géniale, mais que ce n'était pas sa copine. En cet instant, c'était l'information la plus importante au monde.

Heureusement, il reconnut l'impulsion un peu bête pour ce qu'elle était et changea totalement de sujet.

— En parlant de Brent, où est-il ?

Jenna commença à se retourner, certainement pour trouver leur ami et l'inviter à les rejoindre, mais avant qu'elle puisse répondre, Megan eut un sursaut.

— Jenna ? fit-elle avec incrédulité. Oh, mon Dieu, je me disais aussi que je t'avais vue quelque part. Tu as organisé le mariage des Kempinski, non ?

Pendant un instant, Jenna sembla perplexe, puis ses yeux s'agrandirent.

— Megan Maquillage ! Qu'est-ce que tu fais à Austin ? D'ailleurs, pourquoi t'encanailles-tu avec lui ?

Moqueuse, elle leva le pouce vers Reece.

— Megan Maquillage ? répéta ce dernier. Qu'est-ce qui se passe ?

— C'est une artiste maquilleuse, expliqua Jenna en alternant entre la jeune femme et son ami. Tu ne le savais pas ?

Megan pinça les lèvres et prit la main de Reece.

— Disons que nous apprenons tout juste à nous connaître.

Jenna haussa les sourcils et fit face à Reece. Elle

paraissait amusée, sentiment qu'il était loin de partager.

— Nous nous sommes rencontrées à Los Angeles, dit-elle. Megan a travaillé sur le premier et le seul événement que j'aie réalisé avec l'*entreprise dont il ne faut pas prononcer le nom*, expliqua Jenna avant de finir son verre.

— Oh, tu t'es fait avoir par ces pourris ? fit Megan. Je suis tellement désolée.

Cam avait contourné le bar pour donner leur addition à deux clients assis à une table. Ils se dirigeaient maintenant vers la sortie et le barman séparait le paiement du pourboire pour le mettre dans le pot prévu à cet effet.

— Quels pourris ? demanda-t-il après avoir levé la main pour souhaiter une bonne soirée aux clients. Qu'est-ce qui s'est passé ?

— C'est une longue et triste histoire, dit Jenna en s'asseyant sur un tabouret.

Elle poussa la bouteille vide de Corona vers Cam.

— Je pense que nous allons avoir besoin d'une autre tournée avant que je déballe toute cette histoire, puis nous irons nous coucher et nous te laisserons fermer.

Cam regarda Reece qui haussa les épaules.

— Dans la mesure où elle ne conduit pas après avoir consommé, je ne dis pas non à une cliente. Pour la longue et triste histoire, par contre...

Jenna haussa les épaules.

— Bon, d'accord. Elle n'est pas si longue. Une

compagnie de connards m'a attirée à Los Angeles avec des promesses d'opportunités en or. Ils ont fait faillite. Ensuite, je n'ai pas pu trouver d'emploi digne de ce nom étant donné que je n'avais pas bénéficié de l'expérience que j'attendais de la part de ces pourritures. Mon propriétaire m'a dit que je devais déménager parce qu'il vendait l'immeuble. Pour couronner le tout, ma voiture est morte et le prix des réparations dépassait le peu qu'il y avait sur mon compte bancaire, ajouta-t-elle en faisant la moue. Alors, je l'ai vendue pour une bouchée de pain et j'ai utilisé l'argent pour un billet d'avion. J'ai tourné les talons et j'ai couru, ou plutôt *volé*, pour rentrer à la maison et retrouver mes amis et ma famille. Fin de l'histoire à faire pleurer.

Elle pencha la tête pour regarder Megan.

— Et toi ? Comment es-tu arrivée à Austin ?

— Mon histoire n'est ni longue ni intéressante, dit-elle. J'ai craqué sur le mauvais mec. Boum. Clap de fin.

— Pas celui-là, j'espère, dit Jenna en plissant les yeux vers Reece. Parce que je peux le mettre à terre si tu veux.

— Je ne le connais pas assez bien pour identifier ses défauts.

Griff ricana au bout du bar.

— Mais ce que j'ai besoin de savoir pour le moment, reprit-elle, c'est ce qu'il y a dans ces verres.

Elle attrapa l'une des Coronas arrangées que Cam avait alignées sur le comptoir.

— Essaie, lui recommanda Reece, content de dévier la tournure que prenait la conversation.

Jenna avait tendance à jouer les entremetteuses, et Reece et Brent étaient ses victimes préférées. Avant, cela ne le dérangeait pas. Maintenant, il ne supportait pas que Jenna essaie de le pousser vers qui que ce soit.

— J'ai inventé ces cocktails, expliqua-t-il à Megan en prenant une bouteille avant de se poser sur l'un des tabourets de bar. C'est vite devenu un incontournable.

— Tu en veux un, Griff ? C'est la maison qui offre.

— Non, merci, répondit-il en tournant la tête tout en restant dans l'ombre. J'ai ce qu'il faut.

Reece était sur le point de protester. Il savait que Griff aimait le cocktail. Ce qui signifiait qu'il avait déjà assez bu, ou qu'il ne souhaitait pas que Megan voie les cicatrices qui entachaient le côté droit de son visage et de son corps. En prenant en considération les habitudes de Griff, qui optait en général pour un bourbon et poursuivait avec un flot ininterrompu de limonade quand il venait travailler au bar, Reece pariait sur la seconde option.

Griff avait emménagé à Austin voilà près de deux ans, et Reece et lui avaient vite sympathisé. Le cercle d'amis s'était ensuite élargi pour inclure Brent, Jenna et Tyree. Maintenant, presque toutes les personnes qui travaillaient au *Fix* connaissaient l'histoire de ses cicatrices et ne sourcillaient pas. Ce n'était pas le cas des inconnus, et même si Reece était persuadé que Megan ne réagirait pas, il n'avait pas envie de forcer Griff en dehors de sa zone de confort.

— Ils sont dangereux, disait Jenna à Megan quand

Reece reporta son attention sur la conversation. *Fais attention à toi.*

— Rhum, Corona et citron vert salé, rétorqua Reece. Qu'y a-t-il de dangereux dans tout ça ?

— C'est trop bon. Tu le sais très bien.

Elle reprit place sur son tabouret et le fit tourner jusqu'à se retrouver face à lui. Ensuite, elle leva nonchalamment un pied et le cala sur le barreau du sien, se plaçant pile entre ses jambes. Elle portait des sandales compensées qui montraient ses orteils aux ongles vernis. Il avait besoin de toute sa force mentale pour se concentrer sur ce qu'elle disait et ignorer les fantasmes de ce qu'elle pourrait faire avec ces pieds très sexy.

— Je me suis déjà saoulée avec ces trucs-là, continua-t-elle. C'était le soir avant mon départ à Los Angeles. J'étais si nerveuse que je n'arrêtais pas d'enchaîner...

Elle s'interrompit spontanément en haussant les épaules.

— Et ensuite ? demanda Cam, penché en avant.

— Aucune idée. Je ne me souviens de rien, dit Jenna en souriant et en battant des cils. Il a juré qu'il n'avait pas profité de moi, mais qui sait...

— Pour l'amour du ciel, Jenna, rétorqua Reece. Pourquoi est-ce que tu dis...

— Désolée, désolée !

Elle leva les mains en signe d'excuse, puis dirigea un faible sourire vers Megan.

— Je te taquinais. Reece ne ferait jamais une chose

pareille. Certainement pas avec moi. Je veux dire, je suis comme une sœur pour lui. Bien sûr, il ne le ferait avec personne. C'est un type bien.

— Je te crois, dit Megan avec une tendresse dans la voix qui lui rappela pourquoi il avait eu envie de la ramener chez elle ce soir.

Il repoussa gentiment le pied de Jenna sur le sol, puis il se leva.

— Je crois qu'on ferait mieux de s'en aller. Cam, Tyree t'a montré les procédures de fermeture ?

— Hmm, non, pas vraiment. Je te l'ai expliqué. Il est parti sans rien dire.

Les inquiétudes de Reece, qui s'étaient estompées pendant les plaisanteries de Jenna et Megan, revinrent en force.

— Tu me dis que Tyree, le propriétaire de ce bar et le seul manager présent aujourd'hui, est parti en laissant tout seul un barman qui n'a jamais fait la fermeture, sans laisser d'instructions ?

Cam voûta ses épaules. Décidément, il ne faisait pas son âge.

— Oui, c'est à peu près ça.

Reece s'intima de rester calme. Ce n'était pas une crise.

— Rappelle-moi où sont Aly et Tiffany ? demanda-t-il en faisant référence aux deux serveuses.

— Dans l'arrière-boutique. Elles font de la préparation, dit Jenna. Je parlais avec elles quand je t'ai entendu entrer.

— Brent est là-bas aussi ?

Reece n'en revenait pas d'avoir oublié de poser cette question. Il s'était réjoui de voir Jenna, puis, tout à son inquiétude à propos de Tyree, il n'avait même pas demandé où se trouvait Brent.

— Il est parti dans le bureau pour vérifier quelque chose dès son arrivée avec Jen, expliqua Cam en commençant à essuyer le bar.

Il semblait plus calme maintenant qu'il avait une réponse à apporter.

— Ensuite, il y a une demi-heure, il est sorti précipitamment. Il n'a pas dit où il allait. Seulement qu'il devait vérifier un truc, mais...

Le barman laissa sa phrase en suspens en haussant les épaules.

— D'après Jenna, c'est lui qui la ramène, alors je pense qu'il sera bientôt de retour. Il sait que nous fermons.

La sonnette d'alarme qui retentissait tout bas dans la tête de Reece se fit plus forte. Tyree, pour commencer, puis Brent. Sachant que Brent était responsable de la sécurité du bar, s'il avait décelé des problèmes, alors Reece avait de bonnes raisons de s'inquiéter.

Il ne pouvait rien y faire pour le moment. Le mieux était encore de se montrer professionnel et de s'assurer que tout soit géré correctement.

— D'accord. Bon, Cam, commence par ta liste de tâches habituelles de fin de journée. Griffin, tu pars ou tu restes ici pour terminer ?

Griffin tapota sur son bloc-notes avec son stylo.

— Je reste encore un peu, si ça vous va. Ensuite, je vous fiche la paix.

— Rien ne presse, le rassura Reece avant de se tourner vers Jenna. Est-ce que tu peux informer Aly et Tiffany que je reviens ? Demande-leur de terminer. Préviens Cam quand elles auront fini, ensuite, elles pourront badger et s'en aller. Si je ne suis pas de retour, je les verrai la prochaine fois qu'elles viendront travailler.

— Bien sûr, mais que veux-tu dire par : de retour ? Où vas-tu ?

— Je vais ramener Megan chez elle. Je suis désolé que cette soirée soit devenue folle, continua-t-il en reportant son attention vers sa compagne d'un soir. Je pensais que nous prendrions un verre tout en jetant un œil sur mon cousin. Je ne m'attendais pas... à tout ce remue-ménage.

— Pas de souci, dit-elle en se penchant pour déposer un baiser sur sa joue. Vraiment.

Il déglutit. Jenna le regardait, mais elle n'affichait pas son entrain habituel. Elle avait l'air pensive et il ne pouvait s'empêcher de se demander quelle question elle essayait de résoudre.

— Bon, dit-il en se raclant la gorge. Je reviens dans un instant. Prête, Megan ?

— Bien sûr, mais j'habite à Railyard, dit-elle en faisant référence à un complexe situé à quelques pâtés de maisons sur la 4e Rue. Si tu dois travailler, je peux rentrer par mes propres moyens.

— À deux heures du matin ? Oublie ça. Je vais te reconduire.

Il craignit qu'elle proteste, mais elle se contenta de lui proposer son bras. Ils avaient fait un pas vers la sortie lorsque les portes s'ouvrirent et Brent surgit à l'intérieur, le visage fermé, les poings serrés, ses yeux bruns éclatants de fureur contenue.

— Qu'est-ce qui se passe... commença Reece.

Brent le coupa sèchement.

— Il faut qu'on parle.

— Je vais rentrer à pied, dit Megan en souriant aimablement tout en libérant son bras. Tout ira bien, honnêtement. Je le fais tout le temps.

— Non.

Reece leva un doigt pour demander à Brent d'attendre une seconde pendant qu'il se consacrait à Megan.

— Pourquoi ne...

— Je vais la raccompagner, intervint alors Griff.

Il se leva et s'approcha de Megan, suffisamment pour qu'elle puisse distinguer les cicatrices qu'il cachait dans l'ombre de sa capuche.

— Ma voiture est garée vers Railyard et il est temps pour moi de partir, de toute façon, ajouta-t-il en levant une épaule. Si ça vous convient.

— Oui, tout à fait, dit-elle sans la moindre hésitation.

Elle lança un regard à Reece.

— C'est ton ami, n'est-ce pas ? Parce que ma mère m'a mise en garde contre les inconnus.

— Griffin Draper, dit-il en se présentant. Oui, Reece répond de moi.

Il lui tendit sa main droite, tout aussi couverte de cicatrices, et Reece ne put s'empêcher de penser qu'il la mettait à l'épreuve. Comme elle la serra, il présuma qu'elle avait réussi.

— Merci, Griff. J'apprécie.

Reece gratifia son ami d'une tape dans le dos.

— J'ai passé un bon moment ce soir, lui dit alors Megan en se levant sur la pointe des pieds pour lui faire une bise. On se boit un verre bientôt ?

— Avec plaisir, répondit-il.

Il s'efforçait de ne pas regarder Jenna. C'était une bonne chose. Il en avait besoin. Une femme dans sa vie pour s'amuser et s'envoyer en l'air. Une femme qui était douée au lit et facile à vivre au quotidien.

Une femme qui n'avait pas d'attentes, pas de projets et aucune envie de s'engager.

Plus important encore, une femme qui n'était pas Jenna.

— Cam, ferme à clé et termine, ordonna Brent dès qu'ils eurent disparu au coin de la rue.

Puis il pointa le doigt en direction de Reece.

— Et toi, rejoins-moi dans le bureau, il faut qu'on parle.

— C'est à propos de Tyree, je suppose ? dit-il dès que Jenna eut refermé la porte derrière eux.

Brent ne l'avait pas invitée explicitement, mais leurs vieilles habitudes avaient refait surface et ils formaient une équipe tous les trois.

— Qu'est-ce qui se passe ?

— C'est Eli ? demanda Jenna.

Elijah était le fils de Tyree, âgé de seize ans. Sa mère, la femme de Tyree, avait perdu la vie dans un accident de voiture, sept ans auparavant, et ils avaient traversé des moments difficiles tous les deux. D'après ce que savait Reece, ils allaient mieux et Eli avait de bonnes notes à l'école.

Brent se pinça l'arête du nez.

— Non, c'est le bar, répondit-il d'une voix chargée d'émotion. Il risque de le perdre.

TROIS

— Bon sang, mais que se passe-t-il ? s'écria Jenna en s'effondrant sur l'une des deux chaises de l'autre côté du bureau.

Ses jambes s'étaient dérobées sous le coup de l'émotion. Perdre *Le Fix* ? Comment était-ce possible ?

À ses côtés, Reece passa la main sur son crâne en grimaçant. Il avait décidé de raser son épaisse chevelure noire juste avant qu'elle quitte Austin pour Los Angeles, huit mois plus tôt. En fait, l'une des dernières choses dont Jenna se souvenait après sa nuit de beuverie avant son départ, c'était d'avoir caressé son crâne, puis de lui avoir dit qu'elle devait l'embrasser pour lui souhaiter bonne chance.

Elle était convaincue que, pour lui, la caresse était innocente.

Pour elle, en revanche, ce contact n'avait fait que renforcer ses fantasmes. Elle s'était imaginé tout ce qui aurait pu se passer s'il avait incliné la tête vers le haut de sorte que son baiser se pose sur ses lèvres plutôt que sur sa tête. Son imagination avait généré une intense chaleur.

Elle ne s'était pas suffisamment approchée de ce feu pour se laisser brûler les ailes. C'était un brasier qu'elle devait garder couvert, relégué au royaume des fantasmes.

Reece et Brent étaient ses meilleurs amis, après tout. Ses piliers, ses ancres. Elle ne prendrait jamais, au grand jamais, le risque de tout gâcher. Elle n'avait jamais pensé à Reece sous cet angle.

Enfin, si, apparemment. Surtout depuis ce soir-là.

La veille de son départ pour Los Angeles, ils étaient sortis boire un verre et danser avec des amis, mettant un accent particulier sur la boisson. Brent avait dû tirer sa révérence afin de gérer une petite crise, et c'était Reece qui l'avait aidée à monter l'escalier jusqu'à son appartement puisqu'elle avait trop abusé pour y parvenir toute seule.

Il l'avait soutenue, il s'était occupé d'elle, et lorsqu'elle avait sombré dans le sommeil, le petit démon qui s'éveillait sous l'effet de l'alcool avait arraché quelques brins de luxure au tissu de ses pensées innocentes pour en faire une tapisserie de décadence qui avait envahi ses rêves, la laissant au réveil avec une envie inassouvie, de la frustration et beaucoup d'embarras.

C'était il y a huit mois. Malgré cela, elle sentait toujours ses joues rougir à ce seul souvenir. Elle grimaça sur la chaise du bureau de Tyree, croisant et décroisant les jambes, agacée par le souvenir inopportun qui se jouait d'elle. Ce faisant, elle jeta un coup d'œil sur le côté et eut la surprise de voir Reece qui fronçait les sourcils dans sa direction, comme si elle était une énigme à déchiffrer. Ou pire, comme s'il voyait clair dans son jeu, dans ses joues roses et ses pensées pleines de désirs.

— Je ne suis pas...

Elle s'interrompit, interdite, à court de mots. Cela n'avait pas d'importance. Il ne l'avait même pas entendue et elle prit conscience que la stupeur de Reece était due à l'annonce des difficultés de Tyree – non parce que ses joues étaient en feu sous ses taches de rousseur.

Évidemment, quelle cruche !

— C'est une saisie ? demanda Reece.

Il s'adossa contre la bibliothèque abîmée, les bras croisés sur sa poitrine.

— Je sais que les recettes sont en baisse, la concurrence en ville est devenue complètement démente, mais je ne pensais pas qu'il n'arrivait plus à payer l'hypothèque.

— Moi non plus, je ne l'aurais pas cru, répondit Brent, mais apparemment, il a jusqu'à la fin de l'année pour en payer l'intégralité et c'est une somme considérable. S'il n'y arrive pas, il faudra dire *adios* à tout ça.

— C'est fou. Tu es sûr ? s'enquit Jenna en regardant les deux hommes l'un après l'autre.

— Je suis venu ici pour relancer les caméras de sécurité et j'ai accidentellement poussé sa souris.

En tant qu'ancien policier, Brent s'occupait de tous les aspects de la sécurité du bar. Il escortait les clients bagarreurs à l'extérieur, examinait les identités douteuses et effectuait des recherches sur les références des employés. Bien sûr, il s'assurait que les caméras de surveillance soient toujours allumées et fonctionnelles.

— La mise en demeure était sur l'écran. Je n'aurais pas dû la lire, mais...

— On s'en moque, tu as bien fait, dit Jenna.

Elle se tourna sur son siège pour regarder les deux hommes dans les yeux.

— Comment aurions-nous su qu'il avait besoin d'aide ? Nous allons l'aider, n'est-ce pas ?

— Bien sûr, répondirent-ils à l'unisson, lui arrachant un sourire.

— La question est *comment*, ajouta Reece.

— Et déjà, *pourquoi* a-t-il besoin d'aide ? continua Brent.

Reece fit un pas vers lui.

— Montre-moi la lettre. La réponse doit se trouver dans le texte.

— Je ne peux pas, dit Brent en s'asseyant sur le fauteuil de Tyree tout en soupirant. Le disque dur s'est mis en veille quand je suis sorti à votre rencontre, et maintenant je ne peux plus me reconnecter sans son mot de passe. Je ne sais pas pourquoi ce n'était pas verrouillé avant, mais nous savons tous que cet ordinateur est merdique.

Jenna se retint de rire. C'était vrai. Elle avait été

serveuse aux tables, au *Fix*, quand elle terminait ses études à l'université, et Tyree la laissait travailler ses cours pendant les pauses. L'ordinateur était une vieille bécane, mais il refusait de le remplacer. Il disait toujours que l'argent qui lui restait devait être consacré au bar ou au fonds d'études d'Elijah. Tant que l'ordinateur faisait son travail, alors il n'avait pas besoin de dépenses inutiles.

— Il est peut-être en retard sur ses paiements, suggéra Reece.

Toutefois, Jenna perçut une certaine incrédulité dans sa voix. Elle était d'accord avec lui. Elle ne connaissait pas Tyree aussi bien que Reece ou Brent, mais elle était certaine que l'ancien officier n'aurait pas laissé les choses se passer ainsi.

— Alors, il y a quelque chose, dit Brent, mais honnêtement, il est presque trois heures et j'ai une baby-sitter à payer.

Il se leva en se frottant la mâchoire et sa barbe rasée de près.

— Si on en discutait au petit-déjeuner demain ? proposa-t-il. Je dépose Faith à la maternelle, je fais mon jogging et je serai de retour vers neuf heures, sans problème.

Reece acquiesça.

— Ça me paraît bien. Je vais rester ici un peu, histoire de m'assurer que tout est prêt pour demain.

Brent lui donna une claque sur l'épaule.

— Le devoir sacré du gérant de bar. N'oublie pas de mettre l'alarme.

Il se tourna ensuite vers Jenna.

— Et toi, ajoute-t-il, viens avec moi.

— D'accord, dit-elle en se levant.

Reece sortit en même temps, causant un léger embouteillage au moment de franchir la porte. Elle se décala, ils se frôlèrent. À ce contact innocent, un frisson la parcourut ainsi qu'une décharge électrique.

— Ça va ?

Reece posa la main sur son épaule. Lorsqu'elle leva la tête, elle crut pendant un moment qu'elle allait se perdre dans ses yeux gris cendré.

— Jenna ?

— Hmm ?

Elle cligna des paupières.

— Oh, oui. Pardon. Je suis... tu sais. Disons que je ne suis pas habituée aux horaires des bars. En plus, avec le vol, le fait de m'être levée tôt, le voyage et l'alcool...

— Une morte-vivante, dit-il. Va dormir, on se revoit demain.

— Bien sûr.

Il voulut la serrer contre lui, de la même manière qu'il l'avait fait des milliers de fois au fil des ans, mais il s'arrêta dans son élan et se raidit, puis il s'étira comme s'il était vaincu par l'épuisement.

Elle sentait qu'elle aurait dû se sentir troublée. Ou contrariée. Soucieuse, peut-être. En tout cas, quelque chose n'allait pas, c'était évident.

Au lieu de quoi, le soulagement prenait le pas sur tout le reste.

— À demain, dit-elle résolument.

Sur ce, elle suivit Reece à l'extérieur du bureau.

— Merci de me laisser dormir ici, fit Jenna en s'effon-drant sur le canapé élimé qui lui était si familier, dès que la baby-sitter fut partie. Amanda m'a dit que je pouvais dormir dans son salon, mais honnêtement, l'idée d'y passer la nuit alors que ses parents sont à la maison...

Elle laissa sa phrase en suspens en secouant la tête.

— Je les aime, mais c'est trop de proximité pour mon confort.

Amanda Franklin et Jenna avaient partagé une chambre pendant trois de leurs quatre années de premier cycle à l'Université du Texas, et c'était la meilleure amie de Jenna. Puisqu'elle était aussi d'Aus-tin, Amanda rendait régulièrement visite à ses parents dans leur maison au bord du lac pour partager des repas, faire sa lessive et recevoir des câlins réconfor-tants. Elle emmenait Jenna avec elle, et quand les Franklin avaient appris que la jeune femme n'avait pas d'autre famille que sa mère célibataire qui travaillait trop pour un salaire de misère, ils avaient pris les deux filles Montgomery sous leur aile.

Le plan, au départ, était que Jenna dormirait chez Amanda jusqu'à ce qu'elle ait un nouveau travail et un appartement à elle. Comme Amanda était en vacances pour la semaine, elles devaient passer les prochaines soirées à boire et à regarder des comédies sous la ceinture, tout en mangeant de la pâte à cookie crue.

Mais le plan était tombé à l'eau, au premier sens du terme. Les parents d'Amanda s'étaient retrouvés sans domicile pendant que leur sol était remplacé après une fuite des radiateurs. Plutôt que d'aller à l'hôtel, ils étaient logés par leur fille.

Jenna aimait tendrement Martha et Huey Franklin, mais pas au point d'occuper le devant de la scène, à savoir le salon d'Amanda, où ils pourraient la bombarder de questions sur les raisons pour lesquelles son emploi à Los Angeles n'avait pas fonctionné (elle avait subi les revers d'une très mauvaise gestion) ou ce qu'elle avait l'intention de faire maintenant (elle n'en avait aucune idée, et l'état de son compte bancaire qui s'amenuisait la mettait mal à l'aise).

Mieux valait rester chez Brent et rendre visite aux Franklin quand elle se serait reposée et aurait répété des réponses pour toutes leurs questions bien intentionnées, mais qui, d'avance, lui causaient des nœuds dans l'estomac.

— Écoute, dit Brent. *Je* dors dans le salon et tu prends mon lit.

Jenna s'en voulut aussitôt.

— Non, non. Ce n'est pas ce que je voulais dire. Tu le sais très bien.

Il balaya ses protestations avant de s'éloigner dans le petit couloir menant à la cuisine. Sa maison de Crestview, un quartier d'Austin, était trop ancienne pour être agencée en aire ouverte. Jenna ne pouvait plus le voir, mais de là où elle était assise, dans le confortable salon, elle l'entendait ouvrir et fermer les placards.

— Bon sang, Brent. Je ne veux pas te virer de ton lit. Je parlais d'Amanda. Ton salon à toi est très bien.

— Je ne vais pas en discuter pendant des heures, insista Brent sur un ton sans appel. Seulement cette nuit. Tu prends mon lit. Demain, Faith pourra dormir avec moi. Je la déplacerais bien ce soir, mais elle ne se rendormirait jamais.

Jenna quitta le canapé et se dirigea dans la cuisine pour s'asseoir à la petite table près de la fenêtre.

— Je ne vais pas virer ta petite fille de son lit.

— Ma maison, mes règles.

Il sourit, révélant la fossette qui creusait sa joue gauche.

— Voilà, ajouta-t-il en glissant une tasse de chocolat devant elle. Tu es fatiguée et tu le sais. Tu seras mieux dans le lit, et moi, je peux dormir n'importe où.

— D'accord.

Elle ne cédait pas, mais la bataille devrait attendre, parce que la poussée d'adrénaline qui avait accompagné l'annonce des problèmes d'argent de Tyree se dissipait, la laissant trop vidée pour argumenter.

— Tu n'as pas l'air fatigué du tout, dit-elle.

Il haussa les épaules.

— Quand on combine le fait d'être père célibataire avec des heures de travail au bar, on obtient un mec qui pète le feu à des moments incongrus de la journée.

— Tu es peut-être secrètement Superman, le

taquina-t-elle avant de cacher son sourire dans la crème fouettée qui recouvrait son chocolat.

Toutefois, ce n'était pas une mauvaise comparaison. Il avait quelque chose de Clark Kent, dernièrement. Le stéréotype du père célibataire sympa qui éclipsait presque sa beauté à tomber par terre.

C'était seulement une image de façade qu'il montrait au reste du monde. Jenna l'avait connu presque toute sa vie. Avant qu'il soit policier. Avant même cette garce d'Olivia.

Jenna l'avait déjà vu en short de bain à la mer, à l'époque de la fac, avec sa peau au bronzage éclatant, son corps ferme et athlétique, à tel point que toutes les autres filles sur la plage avaient dû se faire une entorse cervicale.

Au cours du même voyage, elle avait vu Brent et Reece défendre un sans-abri contre un gang local manifestement dangereux. Ils étaient tous les trois partis à Corpus pour le week-end au cours d'un été et ils étaient tombés sur une bande de voyous qui ennuyaient le pauvre type, volant de la nourriture dans le caddie qui lui servait de maison et se faisant un malin plaisir de lui jeter du sable chaque fois qu'ils passaient devant lui.

C'était Brent qui avait mené la charge, mais Reece était resté à ses côtés. Les deux amis de Jenna avaient mis un terme à ce manège par quelques mots choisis et des coups de poing bien placés. C'était la première fois qu'elle les voyait se battre ensemble depuis l'école élémentaire. La force de leur amitié se percevait jusque dans la manière dont ils anticipaient leurs mouvements, se couvrant l'un l'autre. Ils étaient très différents. Reece était musclé, tatoué, et il portait une barbe à cette époque. Brent avait une musculature sèche, mais il était vif et efficace.

Elle inspira et soupira à ce souvenir. Ils étaient géniaux, tous les deux, sans mentionner qu'ils étaient ridiculement beaux.

Mais c'est Reece que tu veux.

La voix dans sa tête la surprit. Elle écarta sa tasse brusquement, laissant sa lèvre supérieure couverte de crème fouettée.

— Ça va ?

Brent posa une main sur son épaule et elle attendit que son corps réagisse de la même manière que lorsqu'elle avait frôlé Reece, plus tôt dans la soirée. Ce n'était peut-être qu'un réflexe. Un petit grésillement bien normal pour une fille qui n'avait pas été avec un homme depuis longtemps.

Le hic, c'était qu'elle n'avait aucune réaction maintenant. Pas d'étincelle. Pas de vibration. Ni frénésie brûlante ni papillons dans le ventre. Seulement elle, Brent et la pression rassurante sur son épaule.

Rien à voir avec ce qu'elle avait ressenti pour Reece.

Alors, qu'est-ce que cela voulait dire ?

— Hé ? fit-il en exerçant une pression sur son épaule. Tu es là ?

— Désolée. Je suis... Je ne sais pas, conclut-elle sans conviction.

Elle ne se voyait pas lui avouer que son esprit revenait sans cesse à leur meilleur ami commun.

— Tu es épuisée, observa Brent avec un petit rire dans la voix.

— J'ai besoin de dormir, mais est-ce que je peux voir Faith avant ? Enfin, si tu crois que ça ne la réveillera pas.

Un sourire tendre apparut sur les lèvres de Brent et elle sentit son cœur se serrer. Il avait tant sacrifié pour cette petite fille sans jamais hésiter une seule seconde.

Elle rinça sa tasse, puis elle la mit sur l'égouttoir avant de le suivre dans la plus petite des deux chambres. Il tourna le bouton de la porte, puis l'entrouvrit.

Une veilleuse rose projetait juste assez de lumière pour que Jenna puisse distinguer la fillette étendue de tout son long sur le dos. Elle avait repoussé de ses pieds ses draps et ses couvertures. Elle tenait contre elle un tigre en peluche et elle avait un pouce dans sa bouche. Jenna pouvait entendre le bruit de succion et elle sentit des larmes lui monter aux yeux. C'était bon d'être de retour à Austin avec ses amis.

— J'ai du mal à croire qu'elle a cinq ans, dit Jenna une fois que Brent eut fermé la porte. J'ai l'impression d'avoir raté des années.

— Elle grandit vite, répondit-il avec fierté.

Il hésita avant de la regarder dans les yeux.

— Même si je suis désolé pour ton travail, je suis heureux que tu sois de retour.

— Je pensais justement à cela, admit-elle alors

qu'ils se rendaient dans sa chambre. Je suis un peu inquiète pour mes finances, le marché de l'emploi est pourri, mais je suis heureuse d'être de retour.

— Tout ira bien, promit-il en passant ses bras autour d'elle.

Elle s'appuya contre lui. C'était confortable. Facile. Bien différent d'une étreinte avec Reece.

S'il s'était trouvé à la place de Brent, son pouls se serait follement emballé et son corps se serait rempli d'une énergie telle qu'elle aurait pu illuminer tout le Texas à elle seule.

Elle s'éclaircit la gorge et fit un pas en arrière en espérant paraître détendue. Si Brent avait détecté quelque chose, il ne fit aucun commentaire. Il ouvrit un tiroir de la commode, en sortit un bas de pyjama et un t-shirt uni avant d'aller dans la salle de bain.

— Je reviens dans une seconde, dit-il en refermant la porte derrière lui.

Elle se percha sur le rebord du lit, la fatigue aux prises avec sa nervosité.

— Que penses-tu de Megan ? demanda-t-elle au bout d'un moment.

— Qui ?

Un soulagement inattendu la submergea. Si Brent ne savait pas qui était Megan, alors cela signifiait que sa relation avec Reece n'était pas sérieuse.

— Megan, répéta-t-elle. Je l'ai rencontrée à Los Angeles. Je pensais qu'elle sortait avec Reece.

— Ha, oui ? dit-il en sortant de la salle de bain

revêtu de son pyjama. Laisse-moi prendre une couverture, et ensuite j'irai chercher ta valise.

— Tu ne le savais pas ? Ça ne doit pas être sérieux.

Il se pencha pour ouvrir un coffre en bois, mais il leva les yeux, les sourcils froncés.

— Tu ne l'apprécies pas ?

— Quoi ? Bien sûr que si, dit-elle rapidement en se demandant ce que le ton de sa voix avait bien pu révéler.

La question ne se posait pas, elle appréciait Megan. Seulement, elle ne voulait pas qu'elle sorte avec Reece. Ce qui était stupide, parce qu'elle souhaitait le bonheur de ses amis. Avec une femme, une famille et une clôture blanche autour du jardin.

— Il est temps, si tu me demandes mon avis, fit Brent en interrompant ses pensées.

— Qu'est-ce que tu veux dire ?

Il se leva, un paquet de couvertures et de draps dans les bras.

— Tu connais le personnage. Il sort, ça devient sérieux et il se sépare. Aussi régulier que les phases de la lune. Enfin, c'était le cas jusqu'à présent. Il n'a pas eu de rencard depuis des mois. Il n'a même pas eu d'aventures d'un soir, d'après ce que je sais.

Il sortit et sa voix se fit entendre dans le salon adjacent.

— Maintenant qu'il y a une nouvelle femme, c'est encore mieux si tu te portes garante pour elle. Je dirais que c'est bon signe. Tu ne penses pas ? ajouta-t-il en revenant avec sa valise, qu'il laissa tomber au pied du lit.

— Oui, bien sûr, dit-elle en se raclant la gorge, gênée par la faiblesse de sa voix. En parlant de ça, tu vois quelqu'un en ce moment ?

— Ha, tu dois parler de la merveilleuse, fabuleuse Mademoiselle Qui-n'existe-pas-encore.

Il avait pris un faux accent anglais et elle éclata de rire, sachant qu'il faisait référence, quoique plutôt mal, au film des Monty Python, *Sacré Graal*, qu'ils avaient vu tous les trois quand ils étaient enfants, convaincus de regarder quelque chose de risqué et complètement inapproprié à leur âge.

— Tu devrais sortir plus souvent. Trouver quelqu'un. Faith a besoin...

— Ne me dis pas que Faith a besoin d'une mère, grommela-t-il d'une voix sèche. Faith a une mère. Elle n'a clairement pas besoin d'en avoir une deuxième du même genre.

— Ne mets pas toutes les femmes dans le même panier qu'Olivia, dit Jenna en regrettant de ne pas avoir gardé sa bouche fermée.

Pendant un instant, elle crut qu'il allait l'ignorer. Mais il soupira et secoua la tête.

— Non, reprit-il avec un sourire affable. Loin de moi cette idée.

Il leva la main et lui caressa la joue.

— Nous pourrions peut-être nous enfuir à Las Vegas pour des noces express. Tu serais une maman géniale.

— Tu ne crois pas si bien dire, rétorqua-t-elle. Et puis, je suis une affaire au lit.

— Alors, nous avons un point commun

Elle ne put s'empêcher de pouffer. Elle savait qu'il était loin d'être sérieux, et elle était loin d'être tentée. Il n'y avait pas ces fourmillements étranges dans son ventre.

— Bien sûr, ça irait à l'encontre de notre serment, plaisanta-t-il.

Elle fit un B en langage des signes et le plaça sur son front, le rituel secret qu'ils avaient adopté l'été de leurs onze ans.

— Meilleurs amis pour la vie, non ? Les Trois Mousquetaires.

— Ou Riri, Fifi et Loulou, selon le point de vue. Un serment est un serment.

— Bien dit.

Elle regardait Brent, mais ses pensées dérivaient vers un autre.

— Tu peux me traiter de fou, mais je veux me marier par amour. Et pour le sexe, aussi. Mais principalement par amour.

Elle porta une main à son cœur, feignant l'indignation.

— Es-tu en train de me dire que tu ne m'aimes pas ?

— Je t'aime plus que tout, mais pas comme ça.

— Je sais.

Elle inspira, puis bâilla.

— Moi aussi.

— Tu es épuisée, lui dit-il en l'embrassant sur le

front. Maintenant, va au lit. Il est plus de trois heures et Reece arrive tôt demain matin.

Il sortit en refermant la porte derrière lui. Jenna resta immobile, à regarder la pièce éclairée par la faible lueur des réverbères à travers les rideaux. Elle voulait se pelotonner dans le lit et sombrer. Une demi-heure plus tôt, ou même cinq minutes, elle aurait réussi. Elle était fatiguée à ce moment-là. Éreintée.

Puis Brent était parti et il avait mentionné Reece. À présent, son corps était en alerte et des souvenirs interdits remontaient à la surface pour jouer avec ses sens.

Mais Brent avait aussi évoqué leur amitié et leurs serments. Elle aurait aimé retirer de son esprit ces pensées et ces sentiments décadents et indésirables.

Elle ouvrit sa valise et commença à la défaire. Elle sortit sa trousse de maquillage et prépara ses cosmétiques dans la salle de bain en prévision du lendemain matin. Elle espérait que cette routine familière accaparerait toute son attention.

Ce ne fut pas le cas. Reece était toujours dans son esprit, objet de pensées ardentes, d'errances sensuelles. Elle ne devrait peut-être pas essayer de le repousser. Elle devrait peut-être seulement faire avec.

De retour dans la chambre, elle se déshabilla, enfila sa chemise de nuit, puis grimpa dans le lit. Elle avait décidé de s'abandonner à la tentation. Elle ferma les yeux et se laissa aller au souvenir d'un soir où elle avait beaucoup trop bu.

Un soir où Reece s'était occupé d'elle, puis l'avait portée jusqu'à son lit.

Un soir dont il pensait qu'elle ne gardait aucun souvenir.

Pourtant, elle s'en souvenait. Une partie, du moins.

Une vague de chaleur envahit son corps. Les yeux fermés, Jenna inspira profondément et se laissa emporter par les souvenirs de cette soirée délicieuse et interdite.

QUATRE

Huit mois plus tôt.

— Vous devriez quitter votre travail et déménager avec moi à Los Angeles, tous les deux.

Jenna but une autre gorgée, puis soupira de plaisir. Sa tête tournait un peu plus qu'elle ne le devrait. Ou plutôt *beaucoup* plus.

— Ils sont fantastiques, ces cocktails. Vous allez les mettre sur la carte, pas vrai ?

— Si tu le dis, je le ferai. Tes désirs sont des ordres.

— Tu me taquines ?

Elle plissa les yeux. Elle le voyait en double. Elle recommença jusqu'à ce que les deux Reece fusionnent. Un homme lui souriait avec indulgence, de l'autre côté de la table, dans l'arrière-salle du *Fix* sur la 6ᵉ Rue.

Seven Percent, un groupe local qui avait réussi à se tailler une renommée nationale, jouait sur la scène. En temps normal, elle serait assise au bar juste à côté, à écouter de la musique et à bavarder avec les barmen ou une amie pendant que Reece et Brent faisaient leur travail. Ce soir, toutefois, ils avaient tous les deux pris un jour de congé. Parce que ce soir, c'était son baroud d'honneur. Le dernier tour de piste.

Demain à midi, elle monterait dans sa voiture et elle partirait à Los Angeles.

— Où est Brent ? Il n'est tout de même pas allé bosser alors que c'est mon dernier jour en ville !

Elle pivota sur sa chaise, penchée à un angle incon-fortable, pour chercher son ami disparu. Elle sourit, reconnaissante, quand Reece vint la redresser.

— Tu es saoule, dit-il.

Ce n'était pas une accusation, mais une observation comme s'il parlait de la météo.

— C'est ta faute, dit-elle en levant la bouteille de bière. Ton invention. Ta faute. Fais-le. En mon honneur.

— Que je le fasse ? répéta-t-il en frottant sa barbe, les sourcils froncés, perplexe avant de comprendre. Oh, tu parles du cocktail que je dois faire figurer sur la carte ? D'accord. En ton honneur. Je vais l'appeler Jenna Au Goulot.

Elle fit la grimace.

— C'est horrible.

— Tu as un meilleur nom ?

Elle loucha sur sa bouteille. Rhum. Corona. Citron vert. Une bière améliorée, en quelque sorte. Elle lui sourit.

— Corona arrangée.

Sa bouche frémit. Il tendit le bras vers elle, puis il lui caressa le bout du nez.

— Ça marche.

— Ha, oui ?

— Sous réserve que Tyree accepte.

— Demandons-lui.

— Il est avec Brent, tu te souviens ?

Elle secoua la tête pour l'éclaircir, essayant de se remémorer la dernière demi-heure.

Reece éclata de rire en la regardant.

— Tu es *tellement* déchirée.

— Et alors ? C'est mon dernier tour de piste, tu as oublié ? En plus, ça atténue la douleur.

Il lui prit la main.

— Oh, arrête avec ça. Ça va être super, non ? C'est ce que tu as dit, il y a un mois.

Le souvenir du coup de fil qu'elle avait reçu pour son offre d'emploi à Los Angeles déclencha une nouvelle tempête d'émotions.

— Tu as raison. C'est vrai. L'entreprise a une réputation épatante et ce sera une formidable expérience. C'est un emploi de rêve... Travailler avec le principal organisateur d'événements de Beverly Hills. C'est exactement le genre d'emploi que j'espérais quand j'ai arrêté d'enseigner pour aller décrocher mon diplôme de marketing. C'est eux qui organisent la plupart des galas de charité des stars. Tous les élèves de ma classe auraient tué pour ce job.

— Mais ?

Elle haussa les épaules.

— Je suis nerveuse, un peu. J'ai presque vingt-neuf ans et je n'ai jamais vécu ailleurs qu'à Austin. En plus, vous allez me manquer, les gars.

Une ombre vacilla dans ses yeux.

— Oui, je sais. Tu vas nous manquer aussi, mais ce n'est pas pour toujours. Tu vas gagner de l'expérience, puis tu vas revenir au Texas et tu prendras la ville d'assaut.

Elle éclata de rire.

— C'est ça le plan ?

— Il est écrit dans le marbre, chérie. Je crois en toi.

— Je sais, dit-elle à mi-voix avec une sincérité absolue. Merci, ça m'aide beaucoup.

Pendant un instant, un silence agréable s'installa. Puis elle pencha la tête en direction du couloir qui menait au bureau.

— On devrait aller chercher Brent, non ? On est censés retrouver Amanda au *Broken Spoke*.

Jenna n'était pas très douée pour danser la country, mais elle ne pouvait pas quitter le Texas sans y retourner une dernière fois. De plus, Brent savait danser le Texas Two-Step comme un pro. Si quelqu'un pouvait la guider, c'était bien lui.

— Peut-être, mais tu as pris quatre cocktails. Ça fait beaucoup de rhum. Sans parler de la bière. Tu es certaine de pouvoir danser ?

— Oh, pitié, tu sais très bien que je suis nulle. Je ne peux que m'améliorer.

En riant, elle passa un bras autour de sa taille, par

camaraderie, mais aussi pour se soutenir. Il se raidit un instant avant de se détendre. Elle allait lui demander ce qui n'allait pas quand Brent vint vers eux, préoccupé.

— Qu'y a-t-il ? demanda Reece.

— Ma baby-sitter vient d'appeler. Faith a de la fièvre. Je suis désolé, Jen, mais je dois y aller.

— Bien sûr. On t'accompagne.

— Non, continuez la soirée ! C'est ta dernière chance de voir Amanda avant de partir, non ? Elle nous rejoint au petit déjeuner demain ?

Jenna hocha la tête. Ils devaient se retrouver au Magnolia Café sur South Congress avant son départ.

— L'ennui, c'est que si Faith est malade, je ne vous verrai pas demain non plus. Je peux vous faire des pancakes. Venez à la maison. Je l'ai déjà proposé à Tyree. Je vais envoyer un message à Nolan, Tiffany et tous les autres. Je pourrai installer Faith dans ma chambre devant un film si elle est toujours malade et je te donnerai un pancake à la banane pour la route.

— Tu es sûr ?

— Tu rigoles ? Ne pas te voir avant de partir ? Hors de question. Dix heures à la maison ?

Elle acquiesça. Elle avait pour objectif de prendre la route à midi, de passer la première nuit à Van Horn, la suivante à Phoenix, et enfin de rejoindre en milieu d'après-midi son nouvel appartement qu'elle avait loué sans le visiter. Elle avait un thermos de café, une glacière pour des sandwiches et une tonne de playlists téléchargées sur son téléphone. Elle était aussi prête que jamais, mais elle ne pouvait pas s'en aller sans voir Brent, Faith et le reste de ses amis.

— C'est parfait, dit-elle.

— Embrasse Faith pour nous, ajouta Reece. On vous retrouve demain matin. Je vais encore lui payer quelques coups à boire si je veux lui faire croire que je peux la guider aussi bien que toi au Two-Step.

Il avait désigné Jenna en prononçant cette dernière phrase.

Brent ricana.

— Si ça fonctionne, tant mieux.

— Si je bois trop, tu devras me traîner sur la piste de danse.

Avant la fin de la soirée, ses paroles s'avéreraient malheureusement prophétiques.

Comme elle avait prévu d'aller danser, elle portait des bottes de cow-boy plutôt que des talons hauts, mais elle vacillait un peu en se dirigeant vers Blue, le pick-up de Reece. Ce n'était pas lui qui avait donné ce nom au véhicule et il trouvait l'idée ridicule, mais Jenna et Blue se comprenaient.

— Tu es en mesure de conduire ? demanda-t-elle en montant en voiture.

Il lui fit un sourire en coin.

— Je vais me débrouiller, répondit-il.

Elle se rappela alors qu'il était le chauffeur désigné pour la soirée et qu'il n'avait pas touché une goutte d'alcool. Tant mieux. Elle avait assez bu pour deux.

Elle pensait qu'elle aurait le temps de décuver un peu pendant le trajet, mais il n'y avait pas de circulation et la célèbre discothèque de South Lamar n'était qu'à quelques kilomètres seulement de la 6ᵉ Rue. Elle s'appuya contre la vitre et regarda le paysage défiler. Les nouvelles constructions. Le fleuve scintillant au clair de lune. Les camions-restaurants et les nouvelles boutiques au sud du fleuve.

La vitre fraîche contre son front la ranima un peu, mais elle avait toujours la tête qui bourdonnait. Elle se sentait nauséeuse lorsqu'ils arrivèrent. Dès qu'ils eurent traversé la foule et retrouvé Amanda en compagnie de son mec de la semaine, Jenna se jeta sur la corbeille de frites qui siégeait au centre de la table.

— Fais-toi plaisir, lui dit Amanda entre deux éclats de rire.

— Elle est un peu pompette, commenta Reece.

— Tu crois ?

Jenna se renfrogna.

— Bonsoir, je m'appelle Jenna, dit-elle en se présentant à l'homme aux cheveux foncés et à la mâchoire carrée assis devant son amie.

— Easton, répondit-il avec un accent qu'elle n'arrivait pas à situer – du nord-est, peut-être. Enchanté. C'est dommage de te rencontrer juste avant ton départ.

— Mon grand départ.

Il est avocat, chuchota Amanda en articulant lorsqu'Easton se détourna pour serrer la main de Reece. Elle leva les yeux au ciel. Jenna riait toujours quand les hommes se retournèrent vers elles.

— Qu'y a-t-il de drôle ? demanda Reece.

— Rien, dit Jenna en partageant un sourire avec

Amanda avant de se saisir de la main de son ami. Allons danser.

— Tes désirs sont des ordres. Vous venez, tous les deux ?

— J'ai grandi dans le Connecticut, dit Easton, et même après quatre ans de premier cycle et trois ans d'école de droit à Austin, je ne maîtrise toujours pas le Texas Two-Step.

— Ce témoignage ne sera pas retenu contre toi, déclara Amanda. Allez, viens, je peux mener la danse.

Easton se plia à l'exercice sans protester davantage. Pour Jenna, c'était un bonus. Peut-être qu'Amanda avait trouvé un bon gars, en fin de compte.

Dès qu'ils furent sur la piste de danse, elle oublia en quelques secondes sa déception. Certes, Brent n'était pas là, et techniquement, il était meilleur danseur que Reece, mais dans ses bras, cela n'avait plus aucune importance. Malgré sa tendance naturelle à trébucher maladroitement, elle se sentait enflammée, soudain certaine qu'elle ne raterait pas un seul pas même si elle essayait.

D'une certaine manière, ils allaient bien ensemble, et avec la main de Reece posée fermement au bas de son dos, ils évoluaient en silence, dans une harmonie parfaite avec les battements de son cœur et les vibrations de son corps. Elle attribuait cette sensation à l'effort, bien sûr, quoi d'autre ? Toutefois, lorsqu'ils furent finalement fatigués et qu'ils s'arrêtèrent pour boire un verre, elle se dégagea rapidement, un peu déroutée de constater qu'elle n'avait aucune envie de rompre le contact.

La première bière étancha à peine sa soif, et au cours de la prochaine heure, elle en but une autre, peut-être deux. Enfin, elle s'assit et regarda la pièce tournoyer pendant qu'Easton disparaissait pour aller acheter à manger. Reece invita Amanda sur la piste.

Jenna les regarda. Sa mâchoire lui faisait mal et elle ne tarda pas à se rendre compte qu'elle serrait les dents. Elle s'efforça de se détendre.

Qu'est-ce qui ne tournait pas rond chez elle ? Amanda aimait danser et Easton ne connaissait pas les pas. Il était évident que son amie avait envie de danser avec Reece.

— Depuis combien de temps sortez-vous ensemble ? demanda Easton lorsqu'il revint à la table avec une autre corbeille remplie de frites et une assiette d'escalopes de poulet panées.

— Quoi ? Oh non, c'est mon meilleur ami, rien de plus.

— Vraiment ? J'avais cru...

— Non, dit-elle fermement en se ravisant au moment de piocher dans le panier de frites.

Elle sentit soudain que son ventre était trop barbouillé pour de la nourriture. Elle attrapa le whiskey de l'un des quatre cocktails Two-Steps – un shot de whiskey suivi par une bière – qu'Easton avait commandés après leur dernière tournée. Elle frappa le verre sur la table, délaissant la bière qui l'accompagnait. Elle n'avait pas besoin d'une dose supplémentaire d'alcool, déjà un peu trop ivre, mais elle en avait envie. Elle voulait planer. S'anesthésier. Elle ne voulait pas se laisser aller à ses sentiments, au frisson qu'elle avait ressenti lorsque Reece l'avait touchée, à l'emprise de la jalousie quand il serrait Amanda sur la piste.

Ce devait être de la mélancolie. Un désir initié par son départ, qui s'infiltrait dans sa conscience. Quand bien même elle était enthousiaste à la perspective de son nouveau travail, elle ne voulait pas partir. Pour être plus précise, elle ne voulait pas quitter Reece.

Elle se redressa tout d'un coup, frappée par cette pensée dissidente. Reece ?

Non, non, non. Reece *et* Brent. Elle exprima clairement chacun des mots dans sa tête afin de rectifier son erreur tacite. Reece. *Et* Brent.

C'était ce qu'elle voulait dire, bien sûr. Ses pensées étaient toutes confuses. Elle ne voulait pas quitter ses amis et partir toute seule dans une grande ville. En même temps, elle en avait envie. C'était un emploi de rêve et elle n'allait pas y rester éternellement.

N'est-ce pas ?

Elle fronça les sourcils, les yeux rivés sur Reece pendant qu'elle réfléchissait à la situation. Elle avait toujours su qu'il lui faudrait acquérir de l'expérience ailleurs avant de revenir à Austin. Mais pourquoi ? Après tout, elle voulait planifier des événements à grande échelle, ce qui faisait de Los Angeles un marché cible idéal.

Peut-être, pensa-t-elle alors que Reece faisait

tourner Amanda, mais elle avait ses raisons pour vouloir revenir dans la région.

Elle grogna tout bas. Ses pensées tourbillonnaient. Elle était tellement perdue qu'elle ne remarqua pas Easton qui prenait la relève de Reece sur la piste. Quelques instants plus tard, son ami était revenu et il la tirait par le bras pour la remettre sur ses pieds.

— Tu t'endors. Je devrais te raccompagner.

Le groupe termina sa chanson et Reece leva une main pour attirer l'attention d'Amanda et d'Easton et leur dire au revoir. La musique reprit de plus belle, en provenance d'un juke-box cette fois. Ce n'était pas le rythme enlevé d'un Texas Two-Step, mais la mélodie sirupeuse d'un slow.

— Attends, dit-elle en serrant sa main pour l'entraîner vers la piste. J'adore cette chanson.

— Tu as besoin...

Elle ne le laissa pas terminer. Elle se blottit contre lui, ses bras autour de son cou, sa joue appuyée contre son épaule. Dans un soupir, elle huma son parfum composé de musc, d'une odeur de mâle et de bière.

— Jenna...

Il s'interrompit, la voix tendue comme si son prénom était formé de glace sur le point de se briser.

— Hmm ?

Elle se pelotonna davantage contre lui, envahie par une douce chaleur. Au bout d'un moment, les bras de Reece se resserrèrent autour d'elle et il l'enlaça jusqu'à ce qu'elle puisse sentir chaque centimètre de son corps musclé tandis qu'ils oscillaient sur l'air de *The Chair* de

George Strait. Pendant un merveilleux moment de pur bonheur, le monde lui sembla parfait.

Puis Reece recula et la réalité refit surface autour d'elle.

— Jenna.

Il semblait s'étouffer en disant son nom. Elle leva les yeux, troublée, pour découvrir sur son visage un mélange de détermination et de confusion. La chanson n'était pas entièrement terminée, mais il la repoussa.

— Je dois te ramener à la maison.

— Non, je...

— Tu as une grosse journée demain et tu as besoin de repos.

Il plaça son doigt sous le menton de Jenna et elle vit une détermination de fer gravée sur son visage.

— Tu es ivre, ma belle.

— C'est vrai, dit-elle péniblement. Mais ça va. Tu es là pour prendre soin de moi.

Elle lui avait souri en formulant cette dernière phrase. Sa gorge ondula lorsqu'il déglutit.

— Oui, je suis là. Allez, viens, ajouta-t-il en la guidant hors de la piste de danse. Tu as besoin de sommeil, d'aspirine et d'eau. Tu ne veux pas conduire jusqu'à Van Horn demain avec la plus monstrueuse des gueules de bois.

— C'est trop tard, dit-elle alors que la pièce penchait atrocement. Je crois que je vais vomir.

— Toilettes, s'exclama-t-il en la dirigeant dans le couloir.

Elle lui agrippa le bras. Elle avait du mal à rester

droite, car le sol tanguait dangereusement. En revanche, son estomac semblait calmé.

— En fait, je veux rentrer à la maison, dit-elle.

L'idée de se mettre à genoux dans les toilettes publiques et de vomir ses tripes lui semblait lamentable.

— Ça va aller.

— Tu en es sûre ?

Il lui jeta un coup d'œil. À sa mine, Jenna avait l'air d'une bombe à retardement.

— Tu ne vas pas vomir dans le pick-up, j'espère !

— Abîmer Blue ? Jamais.

L'esquisse d'un sourire effleura ses lèvres et il hocha la tête. Ils retrouvèrent Amanda et Easton pour leur dire au revoir, mais Jenna vécut ces adieux dans un brouillard. Une fois qu'elle fut installée sur la banquette, elle ferma les yeux et elle laissa le rythme de la route la bercer, l'emmener dans un état de somnolence où les souvenirs du slow avec Reece se mêlaient aux fantasmes de tendres baisers et de caresses sensuelles.

Elle gémit en se trémoussant. Dans un coin de sa tête, elle savait que de telles pensées lui attireraient des ennuis, mais d'un autre côté, elle s'en fichait éperdument. Ce léger grésillement électrique qui brûlait en elle en valait la peine. Elle ne se sentirait jamais plus en sécurité que maintenant, les bras de Reece autour d'elle, son souffle sur son visage et...

Maintenant ?

Elle ouvrit les paupières et prit conscience qu'elle

ne se trouvait plus dans le camion. Elle était blottie dans les bras de Reece pendant qu'il montait l'escalier en direction de son appartement, dans le quartier de Tarrytown, à Austin. Elle s'agita pour se libérer. Elle appréciait la sensation de ses bras autour d'elle un peu plus qu'elle ne le voudrait.

— Je peux marcher, protesta-t-elle. Je vais bien.

— Bien sûr, dit-il. J'essaie seulement de faire un entraînement complet aujourd'hui.

Elle fit une grimace et se tortilla davantage, mais elle capitula. Ils atteignirent la porte et il ajusta sa prise avant de saisir le code d'ouverture. Un instant plus tard, elle était sur son canapé.

Peu après, elle titubait vers la salle de bain.

Elle n'eut pas le temps d'y arriver. Son estomac se révolta, elle tomba à genoux, et pour éviter de salir son tapis, elle vomit sur son chemisier et son jean.

— Oh, ma belle, ça va aller.

Comme par magie, Reece était à ses côtés. Il l'enveloppa d'une immense serviette éponge afin de contenir les dégâts, puis il la dirigea vers la salle de bain. Ce fut là, bien sûr, que son estomac décida de se vider à nouveau. Cette fois, du moins, elle réussit à atteindre les toilettes et Reece lui retint les cheveux en arrière pour éviter de les mouiller.

Lorsque tout fut terminé, elle s'effondra sur le sol et posa sa tête sur le carrelage froid, puis elle soupira de soulagement.

— Oh, non, ma belle.

Sa tendre voix la réveilla et elle ouvrit grand les

yeux pour le voir déboutonner la chemise grise qu'il portait.

— Qu'est-ce que tu....

— Il faut la laver, dit-il en la jetant avant de retirer le t-shirt humide qu'il portait en dessous.

Son cœur se serra et une forte vague de désir la submergea. Cela n'avait aucun sens. Elle l'avait vu sans chemise des dizaines de fois. Des centaines peut-être. La vue de son torse nu ne lui avait jamais donné des palpitations. Ses muscles fermes, l'encre nette de ses tatouages. Elle n'avait jamais désiré caresser sa peau chaude auparavant, sentir les battements de son cœur sous ses doigts.

Comme elle le voulait maintenant.

Elle ferma les yeux et son estomac gargouilla. Oh, mon Dieu.

— Désolée. Je suis vraiment désolée.

— Hé, ne t'en fais pas, dit-il.

Heureusement, il n'avait pas saisi le sens exact de ses paroles.

— Il faut te nettoyer. Allez, viens.

Allez, viens, ce n'était pas quelque chose que son corps était prêt à faire. Ni sa tête, d'ailleurs. Tout ce qu'elle voulait, c'était rester sur le sol et s'y éterniser jusqu'à ce qu'il arrête de tourner.

Elle tenta de le lui dire, mais de toute évidence, elle semblait avoir perdu l'usage de la parole. Quand elle essaya d'ouvrir les yeux, elle ne savait même plus comment focaliser son regard.

Son esprit était conscient. Elle savait qu'il avait

ouvert l'eau dans la douche, qu'il la déshabillait – détail intéressant –, mais elle était absolument incapable du moindre commentaire.

Le temps semblait faire des sauts irréguliers, comme s'il n'obéissait plus aux règles élémentaires de la physique, parce qu'ensuite, elle était debout et de l'eau ruisselait sur son corps nu. Reece avait passé un bras autour d'elle, sa peau chaude contre la sienne pendant qu'il utilisait son autre main pour la rincer. Un spasme la parcourut. Son corps trahissait son désir d'intimité. Elle voulait sentir les doigts de Reece sur ses seins, puis qu'ils suivent les gouttes d'eau sur sa peau, de plus en plus bas, jusqu'à la promesse d'une nuit de plaisir.

Ce serait si facile. Tout ce qu'elle avait à faire, c'était d'invoquer les mots. Le lui dire. *Le supplier*.

Non. Mon Dieu, à quoi pensait-elle ?

Pire que penser, elle *ressentait*. Il s'agissait de Reece. C'était forcément innocent.

C'était son corps qui parlait alors que son esprit demeurait sage, tout ça parce qu'elle avait beaucoup trop bu.

Sa conscience fit un nouveau bond en avant. À présent, il la séchait et l'aidait à enfiler son peignoir préféré. L'instant d'après, elle était au lit, blottie contre lui, enveloppée dans le tissu éponge comme dans un cocon.

— Je suis là, murmura-t-il. Essaie de dormir.

Elle lui répondit d'une voix vaseuse. Elle le remercia. Elle lui dit qu'elle l'aimait, qu'il lui manquerait, qu'elle était désolée d'avoir gâché leur dernière sortie.

Il lui caressa la joue et lui conseilla de se taire. Elle n'en fit rien. Elle leva les yeux vers lui avec un sourire.

— J'aime bien, dit-elle en tendant la main pour caresser son crâne nouvellement rasé.

Sa peau lui paraissait fraîche et douce.

— Ça te va bien.

— Tu trouves ?

Elle se mit à genoux. Elle se sentait un peu bancale, mais elle parvint à se pencher et lui embrassa le crâne.

— C'est pour me porter chance, d'accord ?

Elle recula et le regarda dans les yeux avec sincérité. Pendant un instant, elle crut voir des braises ardentes dans son regard, mais elles disparurent et elle sentit aussitôt le poids écrasant de la déception.

— Tu dois dormir, dit-il avec détermination alors qu'elle s'affaissait à nouveau sur les oreillers, son corps cédant à l'épuisement.

Il remonta les couvertures et lui caressa les cheveux. Ce contact l'apaisa, quand bien même il la faisait frissonner.

Le sommeil l'attirait là-bas, dans les ténèbres, mais elle ne voulait pas y aller. Elle en voulait plus. Lui. Son corps ferme plaqué sur elle. Ses lèvres parcourant chaque parcelle de son corps.

Elle voulait que ses fantasmes deviennent réalité.

Cependant, elle ne pouvait pas l'avoir. Alors, elle n'ouvrit pas la bouche et garda les yeux bien fermés, s'abandonnant aux attraits du sommeil, craignant qu'il perçoive son désir si seulement elle le regardait.

Ensuite, tout changerait et elle perdrait son ami à jamais.

Elle ne prendrait pas un tel risque.

CINQ

Aujourd'hui

Jenna se réveilla dans un enchevêtrement de couvertures, avec des rêves persistants si bizarres qu'elle avait peur qu'ils puissent embraser le lit. Elle cligna des yeux tout en essayant de se souvenir des détails, seulement consciente que son esprit était rempli de pensées dont Reece occupait le rôle principal. Elle décida de s'autoriser encore quelques minutes pour savourer la chaleur de ses rêves avant de les enfermer dans un coffre pour ne plus jamais en reparler.

Un coup rapide à la porte de sa chambre la fit sursauter. Elle se redressa sur son lit et retira la main de sa culotte tout en se mordant la lèvre inférieure, mortifiée.

Frustrée, aussi. Elle aurait *vraiment* aimé avoir un souvenir plus précis.

— Jenna ? Tu es réveillée ? demanda Brent à travers la porte.

— Oui, répondit-elle. Enfin, grâce à toi.

— Désolé, mais c'est l'heure de se réveiller. Le petit-déjeuner avec Reece, tu te souviens ?

Elle grommela.

— Ça va ?

— Je vais bien, dit-elle en sortant du lit et en s'enveloppant dans la robe de chambre qu'il lui avait prêtée.

Elle traversa la pièce pour ouvrir la porte, révélant un Brent tout en sueur, torse nu et plein d'entrain après son jogging matinal.

— J'ai l'impression d'avoir dormi une heure seulement, ajouta-t-elle. Oh, attends. *J'ai* dormi à peu près une heure.

— Tu as eu quelques minutes de plus, dit-il avec ironie.

— Une ou deux, peut-être, répondit-elle en le regardant de bas en haut. Tu me parais un peu trop réveillé.

— La malédiction du travail. Le travail et ma condition de parent.

— Ce qui veut dire que ce matin, tu as déjà emmené Faith à l'école, tu es allé courir et tu as répondu à une demi-douzaine d'emails. J'ai l'impression d'être une larve.

— Ça ne se voit pas, dit-il avant de désigner la salle de bain d'un mouvement de la tête. Va prendre une douche, tu te sentiras mieux.

Elle lui décocha un coup d'œil.

— Tu ne veux pas te laver et t'habiller avant que Reece arrive ? demanda-t-elle.

— Nous avons le temps. Je vais récupérer mes vêtements. Je prendrai ma douche et je me raserai dans la salle de bain de Faith.

— Tu vas raser ta barbe ?

Elle espérait que non. Discrète, elle soulignait à la perfection la ligne carrée de son menton.

— Non, je vais seulement l'entretenir. Je la taille régulièrement.

— Bon. D'accord, mais je peux me doucher là-bas si tu préfères. J'y ai jeté un œil hier soir et il y a beaucoup de rose dans la salle de bain de ta fille.

— Je suis assez viril pour le supporter, la taquina-t-il. En plus, j'imagine que tout ton maquillage est déjà étalé là-bas.

Elle haussa les épaules, penaude.

— Nous nous connaissons depuis bien *trop* longtemps.

— J'irai dans la salle de bain de Faith. Allez, va prendre ta douche.

Elle se dirigea vers la pièce attenante, mais elle fit une pause et se retourna.

— Par contre, rase-toi ici, d'accord ? Je ne pense pas qu'une petite fille aimerait retrouver les poils de son papa dans sa salle de bain toute rose.

— Ce n'est pas faux, répondit-il en prenant un jean et un t-shirt dans son armoire avant de sortir dans le couloir.

Elle était douchée et avait remis sa robe de

chambre quand il revint frapper à la porte de la salle de bain, vêtu d'un jean, mais toujours sans chemise, certainement pour pouvoir se raser sans avoir à se soucier de ses vêtements.

— La pièce est toute à toi, dit-elle en attrapant sa brosse à cheveux et en retournant dans la chambre pour fouiller dans sa valise.

Le réveil affichait huit heures quarante-cinq. Reece arriverait à neuf heures et elle avait un entretien d'embauche à onze heures. Elle avait choisi une robe aujourd'hui, mais dans l'état lamentable où elle se trouvait la nuit dernière, elle n'avait pas pensé à la suspendre. Maintenant, bien sûr, elle était toute froissée et elle n'avait pas le temps de la repasser, de prendre le petit déjeuner avec les gars et de traverser la ville pour être à l'heure à son entretien.

En fronçant les sourcils, elle étala la robe sur le lit et jeta un œil vers la salle de bain. Elle pourrait faire couler de l'eau chaude et laisser la vapeur lisser un tant soit peu la robe dès que Brent sortirait de là. Dans l'intervalle, un peu de café l'aiderait à dissoudre le reste des toiles d'araignées de son esprit.

Après avoir ajusté la ceinture de sa robe de chambre, elle partit dans le couloir de la cuisine. Alors qu'elle passait dans le salon, la porte d'entrée s'ouvrit à la volée et Reece entra en criant :

— Salut, je suis là.

Il s'arrêta net en posant les yeux sur elle.

Jenna se figea. Les fantasmes et les rêves de la nuit passée lui revinrent en mémoire... Elle se rendit compte, de manière inopportune, qu'elle était nue sous son peignoir. Ce détail inintéressant cinq minutes plus tôt lui semblait capital, à présent.

— Salut, dit-elle en levant une main pour resserrer le col de sa robe de chambre. Alors, euh... Tu es en avance, non ?

Mon Dieu, quelle cruche.

— Un peu. C'est un problème ?

Il fit un pas vers elle, les sourcils froncés et les lèvres pincées. Il semblait perplexe. C'était bien normal, après tout. Depuis quand, dans leur groupe d'amis, se souciaient-ils que l'un ou l'autre arrive en avance ou en retard ?

— Non, pas du tout. C'est un constat, c'est tout. Bon, j'allais nous faire du café. Tu en veux ?

Avec un sourire hésitant, elle se précipita dans la cuisine. Elle aurait tant voulu pouvoir effacer les fantasmes de sa tête, les chiffonner et les jeter à la poubelle. Ou du moins, se comporter normalement.

Il la suivit dans la cuisine et s'adossa contre la porte du placard. Il avait toujours l'air méfiant. Elle ouvrit une porte et remercia silencieusement Brent d'avoir du café en grain. Cela lui donnait un prétexte pour remplir le moulin, l'allumer et *réfléchir*.

Lorsqu'elle relâcha le bouton et que le vacarme s'arrêta, elle se retourna vers Reece juste à temps pour le voir ouvrir grand les yeux. Il regardait quelque chose dans le couloir, hors de son champ de vision. Elle contourna la pièce pour voir ce qui avait attiré son attention.

Ce n'était autre que Brent, qui venait vers eux en enfilant un t-shirt, un peu de mousse à raser sur le visage.

— Pour ta robe qui est sur le lit, disait-il. Est-ce que tu veux que je la suspende à ta place ?

Sa tête émergea et il regarda Reece avec surprise.

— Oh, salut. Je ne savais pas que tu étais déjà...

Mais il n'eut pas le temps d'ajouter quoi que ce soit. La seconde suivante, le poing de Reece s'envola et s'écrasa, *bang*, sur la mâchoire de Brent.

SIX

Reece retira le bras, consterné par ce qu'il venait de faire… et en même temps, il était certain de recommencer dans la seconde s'il le fallait.

— Reece !

Le cri de Jenna lui parvint à travers les sentiments de rage, de jalousie et de trahison qui s'accrochaient à lui comme une aura. Il se retourna vers celle qui le fixait, le peignoir de Brent bien fermé autour de son corps. Elle était certainement nue en dessous, et l'image des mains de Brent sur sa peau lui vint à l'esprit. Brent qui la caressait, qui profitait d'elle.

Qui prenait ce qui aurait dû lui appartenir.

Non. Reece serrait les poings, cette fois autant pour se défendre contre ses propres pensées que contre la fureur qui bouillonnait en lui.

— Bordel, lâcha Brent en frottant sa mâchoire et en la faisant bouger de chaque côté pour vérifier qu'il n'avait pas des os cassés. Pourquoi tu as fait ça ?

— On est censés veiller sur elle, pas la sauter.

— Tu as perdu la tête, ou quoi ? Nous n'avons...

— Veiller sur moi ? se récria Jenna avec indignation. Qui vous a élus à ce poste ?

Elle se campa devant Reece, tournant le dos à Brent.

— Au cas où tu aurais loupé le mémo, je peux coucher avec qui je veux.

De la bile montait dans la gorge de Reece. Il avait raison. Oh merde, il avait raison.

— Et pourquoi tu débarques ici comme un garde du corps, à balancer des coups de poing ?

Elle fit un pas de plus vers lui. Elle n'était plus qu'à quelques centimètres de son visage, si près qu'il pouvait compter ses taches de rousseur, foncées sur sa peau blême de colère. Il était pris par une envie irrépressible de goûter chacun d'entre eux. Ou bien de la saisir par les bras et de la secouer.

Il pourrait l'attraper, aussi, l'embrasser sauvagement et lui montrer une bonne fois pour toutes dans quel lit elle devait être. Parce que, bon sang, s'il avait su que Brent oserait...

— Depuis quand veux-tu savoir avec qui je couche ? continua Jenna, interrompant le flot des pensées qui fusaient en rafale dans son esprit. Est-ce que j'ai dit quelque chose pour Megan ? Ou à propos des dizaines d'autres avant elle ?

Oui, elle avait mis son grain de sel. Il se rappelait distinctement qu'elle avait pris la même posture que lui pour l'enguirlander, un jour, lui demander de mettre de l'ordre dans sa vie, affirmant qu'au rythme où il allait, il serait sorti avec toutes les femmes du comté de Travis. Bien sûr, elle portait un jean ce jour-là, pas un peignoir.

Il prit une grande inspiration et essaya de contrôler sa colère.

— Ce n'est pas à propos...

— Ce n'est à propos de rien, interrompit Brent, utilisant le même timbre de voix qu'avec Faith lorsque la fillette était grincheuse. Jenna a dormi dans mon lit, moi sur le canapé, et toi, je suppose que tu n'as couché avec personne dernièrement. Parce que, mon vieux, tu es clairement trop remonté.

— Sérieusement, Reece ? intervint Jenna. Penses-tu réellement que j'aurais couché avec Brent ? Dans la chambre en face de celle de sa fille ?

— Tu m'avais dit que tu serais chez Amanda.

Elle leva les yeux au ciel, se retourna et s'éloigna vers la cuisine.

— Je vois, dit-elle en s'arrêtant dans l'encadrement de la porte, jetant un œil vers lui par-dessus son épaule. Alors, maintenant, je ne peux plus changer mes plans sans t'envoyer un message pour te demander la permission, c'est ça ?

— Merde, Jenna...

Elle fit volte-face.

— Quoi, *merde, Jenna* ? Sauf si je dors sur ton canapé, l'endroit où je passe la nuit ne te regarde pas. Pour ton information, les Franklin refont les sols de leur maison, alors Amanda les héberge. Je n'étais pas très à l'aise de dormir sur son canapé en sachant que Monsieur Franklin se lève à cinq heures du matin pour regarder les actualités.

— Les amis, dit Brent. Si vous pouviez seulement...

— Oh non, l'interrompit Jenna.

Apparemment, elle était toujours en rogne. Elle reporta son attention sur Reece.

— Tu pensais sérieusement que nous avions couché ensemble ? Vous êtes mes meilleurs amis, tous les deux. Tu le sais. Vous faites partie de ma famille, et tu le sais aussi. Et puis, je ne pense pas à lui de cette manière, reprit-elle d'une voix sévère et tranchante. Si jamais c'était le cas, est-ce que tu crois que je prendrais le risque ? Que je risquerais de perdre la seule famille que j'ai à l'exception de ma mère ? Bon sang, Reece Walker. Tu es un véritable idiot.

Elle avait raison, bien sûr. Il ne l'avait pas vraiment cru, mais cet élan de jalousie l'avait emporté dans une vague d'émotions brutales et primaires.

Il ne se rappelait pas avoir jamais perdu son sang-froid à ce point-là. Tout ce qu'il pouvait faire maintenant, c'était secouer la tête, s'excuser et espérer qu'il n'y avait pas un gros néon clignotant au-dessus de sa tête, qui annonçait pourquoi exactement il avait perdu le contrôle.

— Je suis un connard, d'accord ? C'est le vrai problème. Plus vite nous accepterons la vérité, mieux cela vaudra.

— Un connard, répéta-t-elle en s'appuyant nonchalamment contre l'encadrement de la porte. Tu peux approfondir ?

— Je crois qu'il a fait un bon résumé, dit Brent.

Jenna se retourna vers lui, les bras croisés et les lèvres pincées en signe de désapprobation. Elle soutint son regard. Une seconde, puis une autre... Enfin, ils éclatèrent tous de rire.

— Oh, merde, fit Jenna. Sérieusement, Reece. Qu'est-ce qui t'a pris ?

— Désolé. Je sais, dit-il en faisant courir sa paume sur sa tête, comme si ce geste machinal pouvait l'aider à trouver une réponse plausible. C'est toute cette histoire avec Tyree. Je n'ai pas dormi à force d'y penser, ensuite je suis entré et... enfin, une chose en a entraîné une autre.

La bouche de Jenna se tordit avec exaspération et elle s'éloigna du mur.

— Idiot, marmonna-t-elle en le poussant de la hanche quand elle passa à côté de lui en direction de la cuisine.

Elle fit une pause assez longue pour pointer Brent du doigt.

— Toi, va finir de t'habiller ! Et pour répondre à ta question, oui, tu peux suspendre ma robe. Dans la salle de bain. Il faut une douche chaude à côté pour que la vapeur atténue les plis. Quant à toi...

Elle reporta son attention vers Reece.

— Tu pourrais faire du café ? Je vais préparer le bacon et Brent pourra se charger des œufs quand il reviendra.

Il fit ce qu'elle lui avait demandé. Tandis que le café coulait, il se hissa sur le plan de travail de la cuisine et il la regarda retourner le bacon dans la poêle avec les pinces. Elle lui tournait le dos. Il pouvait à peine distinguer les courbes de ses fesses sous l'épais tissu du peignoir. Il avait envie de descendre de son perchoir, d'aller vers elle, de la peloter et de se pencher pour lui donner des baisers dans le cou. Elle aurait certainement le goût du bacon. Dans tous les cas, il pourrait la dévorer.

Or pour toutes les raisons qu'elle avait citées, c'était impossible.

Comme s'il avait parlé à voix haute, elle regarda par-dessus son épaule et elle haussa les sourcils d'un air interrogateur.

— Oui ?

— Je te regarde cuisiner et je réfléchis.

— Oh ? Et à quoi ?

Elle se retourna vers la poêle qui grésillait, déplaçant la viande tandis qu'il descendait et la rejoignait.

À quoi pensait-il ? Il ne pouvait pas lui dire la vérité, surtout après sa déclaration. Elle le considérait comme un membre de la famille et elle ne nourrissait certainement pas ce genre de pensées envers lui.

La vérité, c'était qu'il pensait à elle. À la sensation de sa peau ce soir-là. Il essayait de se remémorer la teinte de son mamelon, entre brun et rose, quand il l'avait déshabillée. Il irait tout droit en enfer, car ses pensées dérivèrent vers un fantasme qui lui donnait envie de glisser les mains entre ses cuisses pour caresser son sexe lisse et rasé. Sans mentionner les films X qui tournaient dans sa tête à propos de ce qui se serait passé s'il ne s'était pas contenté de la nettoyer ce soir-là, mais s'il l'avait étendue sur son lit, toute nue, et avait goûté chaque parcelle de son corps.

Ce n'étaient pas des pensées que pouvait avoir un meilleur ami, en revanche, alors tout en s'avançant derrière elle dans la cuisine de Brent, il garda ses fantasmes pour lui et lui expliqua qu'il pensait au bacon.

— Au bacon ?

Elle ne paraissait pas convaincue, mais il n'avait pas la force d'insister. Il se trouvait derrière elle, enivré par le parfum de son shampoing. C'était celui de Brent, mais il sentait infiniment meilleur sur les cheveux de Jenna.

— Je suis affamé.

Il se pencha sur un côté, sa main sur le rebord du four en acier inoxydable, tout en la contournant pour piquer un morceau sur l'assiette couverte d'essuie-tout où elle disposait les morceaux de bacon cuits. Il s'arrêta en mouvement quand il se rendit compte qu'elle était enfermée dans ses bras et qu'il serait tellement facile d'embrasser ses cheveux ou de la retourner pour capturer sa bouche avant qu'elle puisse protester.

— Reece.

Son dos était toujours contre lui. Il ne pouvait pas voir son visage, mais il perçut une tension inhabituelle dans sa voix. Une prise de conscience. Une chaleur. Une tension similaire lui contracta les bourses.

— Oui ? Il se rapprocha un peu, toujours sous le prétexte de chaparder un autre morceau de bacon.

Ce faisant, son torse lui frôla le dos. Pendant un instant, le temps se figea. Pendant ce moment d'éternité, il sentit brûler les flammes d'un avenir qu'il désirait, puis il se souvint d'un détail, aussi merveilleux que confus : elle avait dit qu'elle ne pensait pas à *lui* de cette manière. Non pas à *eux* – pas à Brent *et* à Reece –, seulement *lui*.

Dans le contexte de cette conversation particulière, le *lui* en question était Brent.

Cela voulait-il dire qu'elle pensait à Reece différemment ? Qu'il était peut-être plus qu'un ami et un membre de la famille ?

Quand bien même ? Elle avait raison, après tout. Comment pourraient-ils risquer leur amitié pour une folie qui pourrait être amusante, certes, mais qui ne durerait pas ? Parce qu'il savait bien que les relations ne duraient jamais. Il en était la preuve vivante.

— Reece ?

— Hmm.

— Est-ce que tu peux bouger ? demanda-t-elle, rompant le charme. Tu m'empêches de passer et je meurs d'envie d'une tasse de café.

— Quoi ? Oh, oui. Je suis vraiment désolé.

Il fit un pas sur le côté et la regarda se servir, puis lui tendre une autre tasse.

Elle but une gorgée et leva une épaule. La robe de chambre l'engloutissait tout entière et avec ses longs cheveux séparés au milieu, sans maquillage et pieds nus, elle lui faisait penser à une petite fille sirotant son chocolat à Noël. Cette illusion disparut cependant quand ses yeux verts lancèrent des flammes dans sa direction.

— Tu aurais pu me sauver d'un tas de pauvres types au cours des ans, mais tu aurais dû savoir que Brent n'est pas l'un d'eux. À quoi tu pensais ?

— Je crois que c'est clair. Je ne pensais pas, justement. Va cuisiner, dit-il en désignant le four.

— Va mettre le couvert, ordonna-t-elle lorsque Brent arriva pour préparer les œufs.

C'était une routine qu'ils avaient pratiquée des centaines de fois. Une fois qu'ils eurent tous une assiette et qu'ils furent à table, Jenna fit un signe de tête à Brent.

— Bon, qu'allons-nous faire à propos de Tyree ? Oui, j'ai dit *nous*. Je sais que j'ai été absente et que je ne travaille plus là-bas, mais je l'aime aussi, alors ? demanda-t-elle en les regardant à tour de rôle. Quel est le plan ?

— Nous devons savoir quel est le problème avant d'établir un plan, dit Reece. Je veux dire, les détails du problème. En dehors du fait qu'il doit de l'argent.

— Ça doit être une sacrée somme, observa Brent. L'immobilier pour les commerces n'est pas donné à Austin et ça ne l'était pas non plus quand Tyree a acheté l'endroit. Je ne sais pas combien il a payé pour *Le Fix*, mais l'acompte n'était pas gros.

— Alors, vous pensez que c'est un fait accompli ? insista Jenna.

Elle tendit la main pour prendre le sel et la manche de son peignoir caressa le bras de Reece au passage.

— Je dis que, sauf si Tyree a enterré de l'or dans son jardin, il aura besoin d'une solution créative.

— C'est-à-dire nous, précisa-t-elle en regardant Reece. Pas vrai ?

— Bien sûr, dit-il. C'est Tyree après tout.

Il n'y avait pas moyen qu'il laisse Tyree perdre *Le Fix*. Pas s'il pouvait faire quelque chose pour l'éviter. Le sourire de Jenna après sa réponse rapide était seulement un bonus.

— Je comprends, dit Brent calmement, laissant échapper un soupir de soulagement en s'installant plus confortablement sur sa chaise, les yeux fixés sur Reece. Il est comme nous. Il fait quasiment partie de la famille.

Reece déglutit. Sa gorge était toujours serrée quand il pensait à son oncle Vincent, un soldat mort en Afghanistan à l'âge de trente et un ans, laissant son fils Mike de trois ans et une jeune épouse derrière lui. Vincent Walker était le seul frère du père de Reece, une surprise née lorsque le père de Reece, Charlie Walker, avait quinze ans. Charlie, également militaire, avait servi pendant l'opération Tempête du Désert, où l'un des hommes sous ses ordres était un jeune bleu de dix-huit ans nommé Tyree. Trois ans plus tard, Tyree avait pris Vincent sous son aile et il était resté avec le jeune homme mortellement blessé sur le champ d'honneur malgré le danger sous le feu ennemi.

Reece avait grandi avec Tyree, le considérant

comme un membre de sa famille, ce qui voulait dire qu'il en était de même pour Brent et Jenna. Ils l'avaient poussé à faire le grand saut, tous les trois, quand il avait acheté *Le Fix*. Jenna et Reece avaient été ses deux premiers employés – serveuse aux tables et barman –, puis ce dernier avait gravi les échelons jusqu'à devenir manager.

Brent était toujours policier à cette époque, mais il faisait la sécurité pendant son temps libre. Il avait enfin quitté les forces de l'ordre pour travailler au *Fix* à temps plein.

Alors oui, ce bar était un peu comme la maison et Tyree faisait partie de la famille.

La question de lui venir en aide ne se posait pas. C'était *comment* qui comptait.

— Difficile à dire tant que nous ne savons pas exactement combien il doit, dit Brent quand Jenna eut formulé cette question, mais lui prêter de l'argent, ça me semble une bonne idée.

— Il ne l'accepterait pas, dit Reece. Cet homme a trop de fierté. Et puis, sauf si tu as de l'or dans *ton* jardin, je ne sais pas où nous trouverions la somme nécessaire.

— Nous pourrions parler à Easton, dit Jenna en faisant référence à l'ancien copain d'Amanda, client régulier du bar.

— S'il est trop fier pour emprunter à l'un d'entre nous, il ne le fera pas plus avec quelqu'un d'autre, dit Brent.

— C'est dommage, reprit Reece. Certains clients

auraient de quoi lui signer un chèque sans sourciller. La sœur de Cameron a gagné un Grammy et elle adore cet établissement.

— Tyree ne nous le pardonnerait jamais si nous commencions à demander la charité à ses clients. C'est pareil pour les financements participatifs en ligne. Ce n'est pas son genre et vous le savez.

— Oui, tu as raison, admit Reece.

— Ce n'est pas ce que je voulais dire, de toute façon, dit Jenna. Easton est avocat, alors il saura peut-être renégocier le prêt, obtenir une extension ou une annulation de dette, j'ignore comment ça s'appelle. Il connaît tout le monde aussi. La banque où Tyree a contracté son emprunt compte peut-être parmi ses clients.

— On ne fera rien de bon avec des suppositions, dit Reece. Nous devons lui parler.

— Sois convaincant. Tu dois le convaincre d'accepter notre aide.

Ils se levèrent et Jenna débarrassa leurs assiettes pour les emporter sur le plan de travail de la cuisine avant de revenir.

— Les gars, vous devez trouver une solution.

Elle se pencha et embrassa Brent sur la joue, puis elle se tourna vers Reece. Elle hésita pendant une seconde. La pause fut si brève qu'il la remarqua à peine. Il ne l'aurait certainement pas perçue en temps ordinaire, mais il faisait attention au moindre de ses gestes. Il nota aussi qu'elle rougissait en déposant un baiser léger comme une plume sur sa joue.

— Bon, dit-elle en se raclant la gorge. Je dois aller m'habiller. J'ai un entretien d'embauche. Vous me souhaitez bonne chance ?

— Toujours, dit Reece.

— Tu n'as pas besoin de chance, tu as du talent, ajouta Brent avant de se tourner vers son ami. Prêt ?

— Quoi ? Prêt pour dire à un gars que j'ai respecté toute ma vie, et qui a plus de fierté dans son petit doigt que toi et moi réunis, que je sais qu'il est à court d'argent alors que son fils unique sera en âge d'aller à l'université dans quelques années ? Qu'est-ce qui te fait douter que je sois prêt ?

Brent croisa le regard de Jenna.

— On va y aller.

— On t'appellera plus tard pour savoir comment s'est passé ton entretien, dit Reece.

Elle répondit avec un geste évasif.

— Oh, laisse tomber. Ne vous inquiétez pas pour moi aujourd'hui. Je cherche seulement un travail. Vous, vous essayez d'aider Tyree avec sa vie.

SEPT

C'était un trajet de vingt minutes entre la villa de Brent, au centre-nord, jusqu'à la maison de Tyree à l'est d'Austin, dans le quartier de Wilshire Wood. Pendant tout ce temps, ni Brent ni Reece ne dit un mot. Seule la musique diffusée sur la station KUTX rompait le silence, une radio universitaire qui mettait sur les ondes des morceaux éclectiques dont un certain nombre d'artistes locaux. Habituellement, cela n'aurait pas dérangé Reece, car une partie de son travail consistait à faire venir de nouveaux talents au *Fix*. Il avait découvert plusieurs groupes en écoutant cette radio.

Ce matin pourtant, le silence occupé par la musique semblait lourd. Ce fut en se garant devant la charmante maison de pierres et après avoir coupé le moteur que Brent se tourna vers Reece.

— Sois prudent, dit-il.

Puis il ouvrit la portière et sortit de la Volvo avant

que Reece puisse lui demander de développer sa pensée.

Bien sûr, ce n'était pas nécessaire. Ils étaient amis depuis longtemps et Reece savait très bien que Brent était clairvoyant et perspicace. C'était l'une des qualités qui faisaient de lui un aussi bon père.

C'était agaçant, toutefois, et quand Faith serait adolescente, Reece était persuadé qu'elle serait d'accord avec lui sur ce point.

— Tu te fais des idées, dit-il alors qu'ils s'avançaient sur le trottoir.

Le béton était irrégulier, soulevé par endroits par de vieilles racines.

— Possible, c'est déjà arrivé, concéda aisément Brent avant de sonner.

Il fit un pas en arrière et s'appuya contre la façade, ses yeux bruns fixés sur Reece.

— Mais dans mon monde imaginaire, tu n'es pas le champion de l'engagement. Jenna a besoin d'un ami, pas d'un énième mec qui la laissera tomber.

— Tu ne sais pas de quoi tu parles, protesta Reece d'une voix qui sonnait faux même à ses propres oreilles. De toute façon, si tu penses que je lui ferai du mal un jour...

La porte s'ouvrit, lui coupant la parole, et Elijah Johnson apparut devant eux, grand et maigre dans son costume-cravate. Métis afro-japonais, il avait un teint plus pâle que celui de Tyree. Il avait hérité des yeux de sa mère et les épaules larges de son père. Au cours de la dernière année, le gamin avait connu une poussée de croissance et il dépassait son père. Reece l'avait vu quelques semaines plus tôt, mais il lui sembla que le petit avait grandi d'une trentaine de centimètres depuis la dernière fois.

— Tu n'es pas à l'école ? demanda Brent. Pourquoi portes-tu un costume ? Très élégant, soit dit en passant.

— Oui ? Élégant dans le genre professionnel ? Je dois avoir l'air professionnel, dit-il en faisant un pas en arrière, désignant l'ensemble de sa tenue tout en regardant les deux hommes. Vous m'embaucheriez ?

— Oh que oui, s'exclama Reece. Pour quel job, au fait ?

— Mon garçon a un entretien dans une heure environ, à l'hôpital pour enfants Dell.

La voix profonde de Tyree venait du côté de la maison et Reece se retourna vers son ami et patron qui remontait l'allée, vêtu d'un pantalon de survêtement et d'un t-shirt blanc qui révélait ses muscles saillants et ses bras tatoués. Sa peau sombre luisait et il portait des mitaines. De toute évidence, il s'entraînait dans son gymnase aménagé dans une partie de son garage à deux places.

— Un entretien ? demanda Brent. Laisse-moi deviner. Neurochirurgien ?

Eli leva les yeux au ciel, puis il fit un pas en arrière en tenant la porte pour laisser passer les deux visiteurs, suivis par Tyree.

— C'est pour un stage d'été dans un laboratoire. Si je l'obtiens, je pourrai y travailler pendant les deux premiers semestres de ma dernière année.

Tyree rayonnait.

— Mon garçon a décidé qu'il voulait faire médecine. Un stage comme celui-là lui ouvrirait des portes.

Sa voix de baryton était habituellement teintée d'un accent cajun. Aujourd'hui, on y décelait aussi une touche de fierté.

— Je suis un candidat parmi cinq autres. Il y a seulement deux postes à pourvoir, c'est la dernière ligne droite, déclara le gamin en grimaçant, son regard alternant entre Brent et Reece. Alors, vous pensez que ça va ? Ce n'est pas pour me faire plaisir ? Papa trouve que ça en jette, mais parfois il est un peu nul, alors...

— Tu vas cartonner, le rassura Reece.

— Merci beaucoup ! protesta Tyree en prenant le bras de son fils.

Eli soupira.

— D'accord. Bon, j'y vais.

— Est-ce qu'on tombe mal ? demanda Brent à Tyree. Si tu dois l'emmener...

— J'y vais à pied, intervint Eli. C'est à quelques pâtés de maisons. Et, vous savez, le stress, tout ça.

— Tu es sûr ? demanda Reece sans réponse.

Tyree serra très fort son fils dans ses bras.

— Sois toi-même, mon bonhomme. Ta mère serait fière.

— Je t'envoie un message après, dit-il avant de partir le long de la route, son casque sur les oreilles tout en marchant au rythme de la musique.

— L'école de médecine, fit Tyree en secouant la tête quand son fils eut disparu.

Il conduisit Reece et Brent dans le couloir, puis il referma la porte derrière eux.

— C'est difficile à croire. C'est vrai, il y a encore quelques années, j'avais peur qu'il abandonne l'école ou qu'il entre dans un gang. Maintenant, il a un coup de cœur pour la médecine. Sans parler de ses notes capables de le faire entrer dans les meilleurs programmes de prépa médecine.

— Tu as fait du bon travail avec lui, dit Reece. Teiko serait fière.

La mère d'Elijah était morte des suites de complications après un accident de voiture, et cette tragédie avait eu un lourd impact sur la famille. Sur Reece, aussi. Tyree et Teiko formaient l'un des rares mariages fonctionnels dont il avait été témoin, et la mort de cette femme douce et obstinée lui avait fait l'effet d'un coup de poignard dans le ventre. Il n'imaginait pas le chagrin que Tyree avait pu endurer.

— C'était un peu tangent pendant un moment, mais je pense que le gamin s'en sort bien, dit Tyree en s'asseyant à table comme ils le faisaient toujours pour tuer le temps, jouer aux cartes ou parler du travail.

— Oui, c'est vrai, ajouta Brent.

— L'école de médecine, reprit le père d'Eli en s'appuyant contre le dossier, les mains derrière la tête. J'espère que le gamin décrochera une bourse d'études.

Brent lança à Reece un regard lourd de sous-entendus, que Tyree aperçut vraisemblablement, car il se redressa sur sa chaise.

— Bon, à l'évidence, ce n'est pas une visite de courtoisie. Que se passe-t-il ?

Il avait perdu son intonation désinvolte, remplacée par la voix franche et directe du propriétaire envers ses employés.

— C'est à toi de nous le dire, dit Brent.

— Comment ça ?

Il se leva, puis il se dirigea vers le réfrigérateur pour en sortir un mélange protéiné. Tyree était grand, tout en muscles, et il avait passé la plus grande partie de sa vie dans l'armée à la tête d'autres hommes. Il pouvait être très intimidant s'il le voulait. C'était le cas maintenant, parce que Reece commençait à se sentir comme un simple soldat sur le point de se faire remonter les bretelles par Tyree pour avoir brisé la formation.

— Voilà comment je vois les choses. Soit vous êtes venus parler d'un sujet personnel, soit c'est le travail. Si c'est personnel, alors vous allez devoir me dire de quoi il s'agit, parce que je n'en ai aucune idée. Si vous êtes venus parler du travail... dans ce cas, il se peut que j'aie une idée de la raison de votre venue. Par contre, je sais aussi que ce ne sont pas vos affaires.

— Ty...

Leur ami, plus âgé qu'eux de quelques années, pointa le doigt vers Reece.

— Ça ne te regarde pas, répéta-t-il. Bon, je pense que vous feriez mieux d'y aller, les gars. J'ai des choses à faire avant d'aller ouvrir *Le Fix* à quatorze heures.

Reece jeta un œil à Brent, qui haussa une épaule pour faire signe qu'il ne s'en laisserait pas compter.

— Ce serait peut-être vrai, commença Reece en s'adossant dans sa chaise, les jambes tendues. Si nous n'étions *que* tes employés. De mon point de vue, on fait partie de la famille. Tu vas peut-être me contredire ?

— Ce que je te dirais, c'est que ton père ne t'a pas élevé pour mettre ton nez dans les affaires des autres quand on ne t'y invite pas. C'est mon problème, pas le tien.

— C'est notre problème à tous si *Le Fix* coule.

— Et c'est notre problème si un ami a des ennuis, ajouta Brent.

— Merde, Ty, oublie ta fierté. Tu n'as pas à gérer toutes les crises tout seul. Dis-nous ce qui se passe et laisse-nous une chance de pouvoir t'aider.

— Est-ce que quelqu'un t'a déjà dit que tu n'étais qu'un petit insolent ?

— Tout le temps, et alors ? rétorqua Reece, ponctuant sa phrase d'un sourire, un sourcil levé.

Tyree reposa son mélange dans le réfrigérateur, puis il en sortit trois bières. Il jeta un œil à l'horloge, il était presque onze heures, mais il haussa les épaules.

— Et puis zut, à y être, autant faire les choses bien.

Il tendit la main pour se saisir du décapsuleur, rangé dans une boîte à café décorée de carton et de paillettes qui occupait une place proéminente au centre de la table. Le papier était rose et les paillettes formaient vaguement un lapin. À moins que ce ne soient des chevaux. Puisque Reece connaissait personnellement l'artiste, il parierait sur des lapins. À Noël dernier, Faith ne jurait que par cet animal pelucheux.

— Que pensez-vous savoir ? demanda Tyree en décapsulant les trois bières.

— Que tu es au fond du gouffre. Le paiement du solde de l'hypothèque qui doit être versé avant la fin de l'année. Ce que nous ne savons pas, c'est ce que tu dois rembourser, mais tu as un comportement étrange, ces derniers jours, alors je pense que le montant est supérieur à ce que tu conserves dans ta tirelire.

— Vous êtes sur la bonne voie, dit Tyree d'un ton bourru.

— Combien ? demanda Brent avec audace.

Tyree expira, puis il se frotta le visage.

— Beaucoup trop.

Lorsqu'il leur annonça le montant, Reece dut admettre qu'il avait raison. À en croire la manière dont Brent s'était redressé, avec une posture rigide, il semblait être d'accord, lui aussi.

— L'immobilier au centre-ville d'Austin n'est pas donné, dit Tyree, et il était hors de question que je ne possède pas mon commerce. Vous le saviez déjà, les gars, ça a toujours été mon rêve. Un bar. Peut-être un camion-restaurant, vous me connaissez, moi et la cuisine. Mais je voulais qu'il y ait plus que de simples boissons et repas. Je voulais que ce soit un lieu de vie, que les gens considèrent cet endroit comme une seconde maison. Pas comme s'ils y venaient en visite, mais comme s'ils étaient chez eux, vous voyez ?

— Tu sais que tu as réussi. Nous avons des clients plus que fidèles qui sont chez eux au *Fix*. Ils t'aideront,

Ty, dit Brent en frappant les jointures de ses doigts sur la table. Tu sais qu'ils le feront.

Sans perdre de temps, Ty poursuivit :

— Les dernières volontés de Teiko étaient que je puisse ouvrir mon commerce. Avec tous les points qui me tenaient à cœur. Une *am-bi-ance,* dit-il en appuyant sur chaque syllabe de la même manière que Teiko quand elle insistait sur un point.

Il avait prononcé cette dernière phrase avec un sourire embué de larmes.

— Il m'a fallu du temps pour trouver le bon endroit, mais je pense qu'elle approuverait.

— Je t'avais dit qu'elle le ferait, à l'époque, dit Reece d'une voix douce. Dis-nous tout. Tu as emprunté de l'argent pour l'acheter, de toute évidence.

Tyree soupira.

— Cette maison était payée et je ne voulais pas l'hypothéquer. Je n'aurais pas pu, même si je l'avais souhaité. Le grand-père d'Eli la lui avait laissée en héritage. Dans quelques années, il pourra jeter dehors son vieux père s'il le souhaite. Vous pensez bien que cette solution était exclue. Nous avons vidé toutes nos économies et nous avons contracté un prêt pour les frais médicaux de Teiko, mais après son décès... continua-t-il d'une voix rauque, prenant une longue gorgée de bière avant de poursuivre. Après son décès, j'ai touché son assurance-vie et j'ai remboursé la dette. J'ai placé le reste à la banque. Ma cote de crédit était déjà flinguée. Les factures médicales peuvent vraiment vous enfoncer. Quand j'ai trouvé la propriété, j'ai utilisé ce qu'il me restait de l'assurance-vie pour payer l'acompte du *Fix*. Un mandat de sept ans, amorti sur trente ans, avec un super gros paquet à la fin. Avec mon crédit en mauvaise forme, c'était le meilleur arrangement que je puisse trouver, et ce n'était même pas dans une banque. Maintenant, je pense que j'aurais dû passer mon chemin.

— Pas une banque ?

— Un pote connaissait un type qui m'a mis en relation avec un prêteur privé. Spécialiste en capital du risque. Il était en plein essor, mais ce n'est pas parce que le mec est tout seul qu'il ne peut pas faire de saisie.

— Tu as demandé.

— J'ai pratiquement supplié. Pas question. Je dois payer le reste du prêt avant la fin de l'année ou je perds le bar, continua-t-il en secouant la tête, terminant sa bière en une seule gorgée. Ça me semblait loin quand j'ai signé les papiers, mais ces quatre dernières années, Austin a changé. La compétition est féroce. Des établissements comme *Déliss* se sont implantés, axés sur les paires de seins et de fesses, et les boissons à un dollar. Difficile de rivaliser avec ça.

— Tu prêches des convertis, dit Reece, mais nous avons quelque chose que ces attrape-dollars comme *Déliss* n'ont pas : une base de consommateurs fidèles.

En tant que manager, il savait à quel point il était difficile d'attirer de nouveaux clients, surtout quand les étudiants des universités avaient tendance à fréquenter les chaînes de bars avec *happy hours* à toutes les heures.

— Ça fonctionnait jusqu'à maintenant, dit Ty.

— Nous pourrions aller plus loin, intervint Brent en suivant le fil des pensées de Reece. Parlons à quelques personnes. Il serait peut-être possible de rassembler une somme d'argent suffisante pour rembourser le prêt initial en contractant un nouvel emprunt auprès des clients réguliers. J'ai quelques personnes en tête qui pourraient te signer un chèque tout de suite.

Tyree secoua la tête.

— Non. Teiko savait que *Le Fix* était mon rêve et elle voulait que je tente ma chance, mais elle ne voudrait pas que je jette l'argent par les fenêtres. Ça fonctionne, ou pas. Je ne vais pas courir après les prêts pendant le restant de mes jours. Je ne vais surtout pas emprunter de l'argent à quelqu'un que je ne pourrai peut-être pas rembourser.

— Alors, nous ferons un appel aux dons. Trois fois rien pour chacun, mais beaucoup au bout du compte. Ça pourrait le faire.

— J'apprécie les idées, vraiment, mais une campagne sur Internet ? Vous savez tous les deux que ce n'est pas mon style. Mon bar reste ouvert parce que les gens viennent y boire un verre, pour la musique et la bonne bouffe. Je n'ai pas perdu mon entreprise après un ouragan ou un incendie... C'est pour ça que les gens font des dons. Pour aider ceux qui ont été frappés de malchance. Si *Le Fix* coule, c'est à cause de la bonne vieille compétition. Ça se joue à l'intérieur du bar, à la caisse enregistreuse, pas sur Internet.

Reece rencontra le regard de Brent. Il n'était pas en désaccord.

Lentement, son ami acquiesça.

— Bon, d'accord. Alors, nous allons essayer d'en tirer un maximum. En plus du prix d'entrée, nous pouvons augmenter quelques cocktails, tout en attirant les clients avec des bières à un dollar. Faire venir quelques célébrités. Kiki viendrait jouer au *Fix*, j'en suis certain, ajouta-t-il en faisant référence à la sœur de Cameron. Nous allons y arriver.

— C'est un bon discours, mais ce ne sont que des paroles, dit Tyree. Vous commencez seulement à plonger dans ce merdier. Moi, j'y patauge depuis des mois. Croyez-moi, j'ai fait les calculs. Pour gagner de l'argent, je devrais monter les prix au point de faire fuir nos clients. Et alors, ce serait foutu.

— Tu en parles comme si c'était peine perdue, observa Reece.

— C'est le cas. Vous savez que j'ai raison. J'ai déjà quelques personnes qui tâtent le terrain pour trouver un acheteur. Avec un peu de chance, je serai capable de rembourser la note en mettant quelques sous dans mes poches. Avec un peu plus de chance, je trouverai un acheteur qui voudra garder *Le Fix* en l'état. Ça me fendrait le cœur de lui avoir donné le jour pour le voir devenir un restaurant quelconque au centre-ville d'Austin.

— Certainement pas, dit Brent.

— J'ai déjà eu un avant-goût de ce côté. Ça vous dit quelque chose, le *Plan Q* ?

— Oh, non, pas eux !

Reece se pinça l'arête du nez.

— C'est la même entreprise qui possède le *Déliss*, dit Tyree en énonçant une vérité que Reece connaissait déjà. Je suppose qu'ils essaient de boucler le quartier.

Brent rencontra son regard.

— Il faudra me passer sur le corps.

— C'est un peu extrême, mais je comprends le sentiment.

— Pourquoi un acheteur ? demanda Reece. Pourquoi pas un partenaire ? Quelqu'un qui pourrait payer le prêt et prendre une partie de la charge sur ses épaules. En retour, il obtiendrait une part de l'entreprise.

Tyree pencha la tête, puis la secoua lentement.

— Je ne sais pas trop.

— Es-tu en train de me dire que tu préfères couler plutôt que d'intégrer quelqu'un d'autre dans l'affaire ?

— Non, dit-il en se caressant le menton. Ce n'est pas une idée complètement folle, mais je ne serais pas intéressé par un partenariat uniquement financier. Quelqu'un qui ne fait qu'injecter de l'argent et espère que ça lui rapportera, et qui serait déçu en constatant qu'il ne tire pas de profit immédiat dans les deux semaines.

— Ce n'est pas ce dont je parle, lui assura Reece en ignorant la manière dont Brent le regardait, les sourcils froncés.

— Si je suis avec un partenaire, je bosse toujours,

continua Tyree, et il faut qu'il se salisse les mains aussi, qu'il travaille derrière le bar, dans les tranchées. Il ne doit pas rester juché sur son piédestal à compter son argent. Je ne sais vraiment pas où trouver une personne comme ça.

— Moi, je sais, dit Reece. Tu le regardes en ce moment même.

Les deux hommes le fixèrent et Reece retint son souffle en attendant que Tyree le descende en flèche.

Il ne le fit pas.

— Vas-y, explique-moi pourquoi tu t'embarquerais là-dedans ?

Reece regarda l'homme de l'autre côté de la table, à la fois son ami, son patron, mais aussi un membre de sa famille étendue.

— Est-ce que tu as vraiment besoin de le demander ? Je sais que tu ferais la même chose pour moi. Et pour lui, ajouta-t-il en faisant un signe vers Brent.

— Reece, tu ne peux pas...

— J'ai déjà aimé et perdu de nombreuses personnes, interrompit Reece d'une voix ferme. Oncle Vincent. Ma mère. Mes deux belles-mères.

Jenna, pensa-t-il, bien qu'il ne l'ait pas réellement perdue. Après tout, elle n'avait jamais été sienne. Et elle ne le serait jamais.

Il y réfléchit avant de rencontrer le regard de Tyree.

— Je ne veux pas ajouter *Le Fix* à cette liste. Je veux me lancer, ajouta-t-il. Cet endroit est ma seconde maison et je ne vais pas la regarder s'écrouler. Nous allons sortir la tête de l'eau, et si ce plan de départ signifie que je dois injecter de l'argent, alors c'est ainsi que les choses vont se passer. Ne me manque pas de respect en balayant ma proposition du revers de la main.

— Non, répondit Tyree. Je ne le ferai pas, mais si tu as cette somme d'argent qui dort sur un compte, j'en déduis que je te paie beaucoup trop...

Il s'interrompit de lui-même, en penchant la tête pour réfléchir. Reece sut que Tyree avait compris où il trouverait cette somme.

— Oh non, Reece. Ta maison ? Tu économises depuis que tu es adulte pour faire construire cette maison. Je ne peux pas te demander un tel sacrifice.

— Tu ne le demandes pas. C'est moi qui te le propose. Ce n'est pas une maison. C'est seulement un rêve.

Un rêve qu'il avait depuis des années, depuis qu'il avait pu mettre la main sur un lopin de terre au bord d'un lac, dans une vente après une saisie, lorsqu'il était étudiant en deuxième année à l'université. Il avait toujours voulu construire sa propre maison. Une fois qu'il avait eu la terre, il avait commencé à économiser et à faire des ébauches de plan.

— Parfois, il est plus dur d'abandonner un rêve qu'une réalité, dit Tyree.

— Tu as bien raison, répondit Brent.

Ce dernier avait parlé avec un rictus plein d'amertume et Reece aurait parié toute la somme dont il était question que Brent pensait à Olivia, la mère absente de Faith.

— Brent, commença-t-il, aussitôt interrompu lorsque son ami leva la main.

— J'en suis aussi, déclara-t-il.

— Tu n'es pas obligé de faire ça, dit Reece.

— Oh, je pense qu'il le faut, insista Brent en lançant un petit sourire vers Tyree. Je sais combien notre gars a économisé pour la maison, et ce n'est pas assez. Loin de là. Cinquante-cinquante, dit-il en tendant la main à Reece.

Mais ce dernier hésitait encore.

— Où vas-tu obtenir l'argent ?

— Ne pose pas de questions dont tu ne veux pas connaître la réponse.

— Merde, Brent, tu as une petite fille à ta charge. Tu ne peux pas...

— Je ne peux pas ? Je ne peux pas prendre le risque ? Je ne pense pas que ce soit un risque. À moins que ce discours passionné ne soit que des paroles en l'air ?

— Tu es un abruti, rétorqua Reece.

Néanmoins, il serra la main que lui tendait son ami en ajoutant :

— Mais bon, ce n'est pas nouveau.

— Aucun de vous ne risquera quoi que ce soit, dit Tyree.

Les deux autres hommes commencèrent à protester en chœur.

— On va le faire, mais uniquement selon mes

conditions, vous comprenez ? Je ne veux pas que le bar devienne un boulet autour de votre cou.

Reece lança un coup d'œil à Brent pour voir si son ami avait compris où Tyree voulait en venir, mais il haussa seulement les épaules.

— Notre date butoir est la fin de l'année. Le réveillon de la Saint-Sylvestre. J'ai besoin de voir des profits et une projection solide. Pas uniquement des revenus suffisants pour payer les factures. J'ai besoin de voir une vraie croissance potentielle.

— Et si ce n'est pas le cas ? demanda Reece.

— Cette proposition du *Plan Q*, c'est plus qu'une proposition. C'est une offre véritable qui expire à la fin de l'année. Si nous n'avons pas de position solide, alors nous accepterons l'offre, vous récupérerez votre investissement avec un pourcentage et nous pourrons dire que nous aurons essayé. Ensuite, nous passerons à autre chose.

Il les regarda tous les deux à tour de rôle, les bras croisés sur son torse en se penchant arrière.

— Ce sont mes conditions. C'est à prendre ou à laisser.

— Ça ne laisse pas beaucoup de temps pour changer la situation au niveau des revenus dont nous parlons, dit Reece en pensant à l'inventaire, au personnel, au menu, à la campagne actuelle de marketing. Nous sommes déjà mi-avril.

— Nous devons faire le buzz, déclara Brent. Il faut faire passer le mot et attirer plus de clients. Reece a raison. Il ne reste pas beaucoup de temps pour un grand bouleversement.

— C'est tout ce que nous avons, dit Tyree en croisant les bras sur son torse massif. L'offre est sur la table. La balle est dans votre camp.

— Nous sommes avec toi, s'exclama Reece avec un regard vers Brent qui signifiait *fais-moi confiance*. Il y a seulement une condition.

Tyree se trémoussa, suspicieux.

— Laquelle ?

— Nous devons ajouter un autre partenaire à l'équipe.

HUIT

— *Partenaire ?*

Ce mot avait un drôle de goût dans la bouche de Jenna. Elle jeta un coup d'œil furtif en direction d'Amanda, comme si son amie était capable d'interpréter ce paradoxe. Elles s'étaient retrouvées au *Fix* pour un déjeuner tardif après l'entretien de Jenna. Comme Amanda l'avait dit elle-même :

— J'adore mes parents, mais si je ne m'échappe pas, je vais avoir des cheveux gris avant mes trente-cinq ans.

Alors, Jenna lui avait servi d'excuse pour s'évader. Toutefois, maintenant, Amanda ne lui retournait pas la faveur. Elle semblait aussi confuse qu'elle.

Jenna reporta son attention vers Reece et Brent, qui se tenaient tous les deux derrière le bar, devant l'assiette de beignets aux crabes à moitié grignotée par les filles.

— Vous voulez que je sois une partenaire du *Fix* ?

Comme une propriétaire ? C'est ce que vous essayez de dire ?

— C'est ce que nous essayons de dire. Alors ?

Reece prit son verre et le remplit de Coca Light.

Elle regarda vers le couloir du fond, où Tyree venait tout juste de disparaître. Arrivé avec les gars, il avait salué les deux femmes, puis il avait dit à Jenna que Brent et Reece avaient quelque chose à lui dire. Ensuite, il s'était éclipsé et les deux hommes avaient chassé Éric – le barman du matin qui venait de raconter sa recherche d'appartement infructueuse – de l'autre côté du bar.

Enfin, les gars avaient rapporté à Jenna leur conversation avec Tyree et leur projet pour remettre le bar sur pied.

Un projet qui, honnêtement, lui paraissait brillant. Pour eux. Pour elle, en revanche, pas tant que ça.

— Au cas où vous auriez loupé l'information, je n'ai pas d'argent à investir. Je n'ai même pas de quoi m'acheter une voiture. D'où la recherche d'emploi et l'entretien d'embauche de ce matin. En passant, ça s'est bien passé, merci d'avoir demandé.

Amanda siffla entre ses dents, puis s'adossa avant de regarder chacun des hommes.

— Gare à vous, dit-elle entre ses dents.

Brent se renfrogna et Jenna leva les yeux au ciel. Amanda et son ami étaient sortis ensemble à deux reprises, et même s'il ne semblait pas y avoir d'étincelle, Jenna était une romantique et elle avait toujours espoir que leur relation fonctionne. Brent avait besoin d'une femme dans sa vie et Faith avait besoin d'une mère. Puisqu'Amanda et Brent étaient deux de ses meilleurs amis...

— Alors, tu as eu le poste ? demanda Reece en interrompant ses pensées d'entremetteuse.

— Quoi ? Oh, non. Pas encore, du moins, mais je suis certaine que je l'aurai. Ils me demandent de participer à l'un de leurs projets ce soir. Ils appellent ça un entretien sur le terrain. Alors, je pense que c'est en bonne voie.

— Ah oui ? C'est génial.

— Merci, mais je ne l'ai pas encore. En plus, ce n'est pas comme s'ils allaient m'avancer une grosse somme. Honnêtement, je ne vois pas comment on pourrait être partenaires.

— Nous te voulons pour ta tête, pas pour ton argent, dit Brent.

À ces mots, Amanda pouffa.

— Les mecs ne disent *jamais* ça, marmonna-t-elle avant d'enfourner un autre beignet au crabe dans sa bouche.

Jenna ravala un éclat de rire.

— D'accord. Je vous écoute.

— Nous avons besoin de ton expertise en marketing, expliqua Brent. De tes idées et de ton temps. Pas de ton argent.

— Oh, fit-elle, son regard alternant entre les deux hommes. Vraiment ?

— Nous t'avons parlé de notre marché avec Tyree. Nous avons un gros projet dans un laps de temps très court. Il nous faut quelqu'un qui pourra nous aider à diffuser le message. Qui puisse augmenter notre base de consommateurs, et... eh bien, faire le maximum pour dynamiser les affaires.

— Oh, je peux faire ça, mais si je décroche cet emploi... dit-elle.

— Nous prendrons le temps que tu pourras nous accorder, ajouta Brent en se penchant vers elle.

Toutefois, il n'était nul besoin d'insister. Bien sûr qu'elle en serait. C'était pour Tyree. Et maintenant que les gars avaient investi aussi, c'était également pour eux. Elle ne les laisserait jamais tomber. Hors de question.

Elle s'adossa en réfléchissant.

— Mon amie Maia travaille dans le marketing. Une amie d'Austin, pas de Los Angeles. Je vais faire un brainstorming avec elle. Nous allons devoir exécuter quelques travaux sur la scène si nous voulons organiser plus de concerts. Si nous changeons d'angle, nous pouvons augmenter la taille de la scène et l'espace au sol pour pouvoir danser. Duo gagnant.

Reece lui adressa un grand sourire qui fit chavirer son cœur. Aussitôt, elle détourna le regard.

— Alors, tu es partante ?

— Tu sais bien que oui, dit-elle en entrechoquant son poing avec celui de Brent pendant que Reece faisait signe à un client avant de s'éloigner le long du bar pour prendre sa commande.

— Nous savions que tu te joindrais à nous, se réjouit Brent. Tu diras à Reece que je lui parlerai plus

tard. Je dois faire un contrôle de sécurité sur les caméras. Encore félicitations et bonne chance ce soir.

— Merci, dit-elle en s'approchant de lui pour recevoir une étreinte amicale.

Ensuite, elle le regarda se diriger vers le fond du
bar. Une fois qu'il disparut dans le couloir, elle reporta
son attention vers Amanda et prit une grande inspiration relaxante.

— Je viens de passer de zéro occupation à une
tonne de choses à faire.

— Tu peux le gérer, dit Reece qui revenait pour
saisir la nouvelle commande dans l'ordinateur.

Elle lui transmit le message de Brent pendant qu'il
tapait sur l'écran et il fit un hochement de tête pour
indiquer qu'il avait compris.

— Écoute, dit-il pendant que la commande s'enregistrait. Je suis certain que tu vas avoir le job... qui ne
voudrait pas de toi ? Crois-tu que ça les dérangerait si
tu faisais des extras ailleurs à temps partiel ?

— Je suis certaine que je peux y arriver. Ils
semblent vraiment intéressés par ma candidature. L'entretien semblait tout droit sorti du *Manuel du parfait
entretien d'embauche réussi*.

— Alors, pourquoi te demandent-ils de faire un
second entretien en plein feu ? demanda Reece en la
regardant, les bras croisés.

— Ne fais pas ça, ordonna Jen. Ne sois pas cynique
avec moi.

Il leva les mains.

— Je pose seulement une question.

Un léger grognement de frustration monta de sa gorge. C'était typique de Reece.

— C'est tout à fait logique. Ils veulent voir comment je travaille dans l'urgence. Je m'épanouis sous pression, alors tout baigne.

— C'est quoi l'événement ? demanda Amanda.

Jenna se demanda si c'était de la curiosité ou une tentative pour changer le sujet de la conversation.

— Leur société a exécuté une campagne pour une entreprise de mariages. Ils ont sélectionné des femmes pour un calendrier spécialisé dans le mariage et les demoiselles d'honneur. Les filles envoient leur photo, et ce soir, les gagnantes seront annoncées. Ils veulent que tout le monde mette la main à la pâte. Comme je l'ai dit, c'est le moment parfait pour voir si je joue bien sous pression.

— Un calendrier de mariage ? demanda Reece en levant un sourcil.

— Ce n'est pas parce que tu estimes que le mariage est un piège odieux qui détruit l'amour que…

— Je crois bien avoir dit que c'était une institution ridicule qui aspire tout l'élément vital d'une relation et qui est destinée à échouer, mais l'idée reste la même.

Jenna leva les yeux au ciel. Elle connaissait son point de vue sur le mariage. Elle le comprenait aussi, dans une certaine mesure. Avec une mère qui était partie quand Reece avait quinze ans, un père qui s'était remarié et avait divorcé trois fois et la femme de Brent qui avait plié bagage en le laissant seul avec leur nouveau-né, pas étonnant que Reece trouve l'institution du mariage vide de sens. La dernière fois que l'un de leurs amis s'était marié, Reece leur avait donné huit mois.

Ils avaient divorcé au bout de six, et il avait pratiquement débordé d'arrogance.

— Les seuls bons mariages que j'ai vus sont ceux de Tyree et de Vincent, lui avait-il dit une fois, et ils se sont terminés par la mort.

Oui, c'était un cynique endurci. Quant à elle, elle ne partageait pas ce sentiment. C'était l'absence de mariage qui avait causé à la mère de Jenna, Arlene, des difficultés en tant que mère célibataire. Naïvement, elle pensait que le père de Jenna pourrait revenir à la raison et qu'il rentrerait sur son cheval blanc, d'autant plus qu'il assurait toujours à Arlene qu'il l'aimait, elle ainsi que sa fille. Il n'était pas revenu, bien sûr, et Jenna avait grandi sans la présence d'un père, à l'exception de quatre cartes à Noël lors des cinq premières années, et avec une mère surmenée.

Arlene s'était enfin remariée, cinq ans plus tôt, et elle était maintenant heureuse en ménage, en Floride, avec le beau-père de Jenna. Pour elle, voilà qui réfutait la vision plutôt sombre qu'avait Reece du mariage.

— Je pense que l'idée de calendrier de mariage est adorable, dit-elle. D'un point de vue marketing, c'est très intelligent. Ces filles pourront le partager avec leurs amies, et en un rien de temps, le calendrier avec le logo de l'entreprise sera placardé dans des chambres partout en ville. Bien sûr, si cela n'avait tenu qu'à moi, j'aurais organisé un concours. J'aurais fait un défilé de mode pour décrocher des sponsors et ensuite...

Elle se redressa sur sa chaise, presque abasourdie par son propre génie.

— Oui ? demanda Reece en penchant la tête et en lui jetant un regard. Ça va ?

— Jen ? fit Amanda en s'avançant. Qu'est-ce qu'il y a ?

Lentement, Jenna s'adossa sur son siège, avec un sourire si radieux qu'elle en avait mal aux joues.

— Et voilà, dit-elle en jetant un regard à Reece. Je viens de réussir. Je viens de gagner mon droit d'être partenaire avec vous.

NEUF

— Un calendrier de mecs ? s'exclama Reece, perplexe. Tu veux faire un calendrier avec un groupe de *mecs* ?

— Oui !

Jenna sauta au bas de son tabouret et entreprit de faire les cent pas, retournant l'idée dans sa tête tout en cherchant des défauts qu'elle ne trouva pas.

— Des photos d'armoires à glace ? demanda Amanda. Comme sur les couvertures des romans d'amour ?

— Tu nous en achèteras un ? demanda Jenna alors que Reece restait bouche bée devant elle. Regarde Reece, ou Brent. Ils seraient franchement sexy dans un calendrier.

Elle s'autorisa un moment pour céder à un souvenir de Reece torse nu. Toutes les fois où ils étaient allés à la piscine ou à la plage. Des journées d'été où elle lisait dans un hamac, chez son père, pendant que lui et Brent travaillaient dur. Bien sûr, ce fameux soir aussi, quand elle était soûle dans la douche, huit mois plus tôt. La nuit dont elle n'était pas censée se souvenir, mais qu'elle ne pourrait jamais oublier.

Elle ravala un soupir pendant qu'Amanda se tortillait.

— Tu rigoles ? Je vais en prendre une douzaine.

— Tu vois ? dit Jenna en jetant un regard satisfaisant en direction de Reece. J'ai déjà gagné mon salaire.

Lui, en revanche, semblait en état de choc.

— Tu veux que je figure sur un calendrier ?

— Oui, enfin, toi, Brent et dix autres gars.

Elle jeta un regard circulaire dans le bar. Il y avait bien dix hommes qui auraient l'air sexy sans le haut. Elle rencontra les yeux d'Amanda et elle vit que son amie pensait la même chose qu'elle.

— J'ai vu Tyree torse nu une fois, dit-elle. J'étais venue rejoindre Brent ici et ils faisaient des travaux dans le grenier. Ty était descendu pour me dire bonjour. Le pauvre avait chaud et il était en sueur.

Elle fit une pause et soupira, revivant probablement le moment. Son sourire prit une nuance dévergondée.

— Oui, dit-elle. Il fera l'affaire.

— Alors, nous en sommes à trois, dit Jenna. Qui d'autre ?

Elle se tourna vers Reece.

— Ça fait huit mois que je ne suis plus dans le coin. Qui parmi le personnel serait assez sexy pour poser pour un calendrier ?

— Tu es folle. Je ne vais pas me déshabiller pour un calendrier.

— Je pensais que tu voulais aider Tyree, dit-elle alors qu'il croisait ses bras musclés sur son torse. Tu vois, cette pose serait parfaite, par exemple.

— En quoi une photo de moi, de Brent ou de n'importe quel pauvre gars que tu arriveras péniblement à convaincre de te suivre dans cette histoire pourra sauver le bar ? Tu comptes les vendre ? Seules les petites amies des mecs qui travaillent ici en prendront, ça fera une petite douzaine.

— Oh, vous en vendrez plus que ça, lui assura Amanda. Laisses-en près de la porte ou glisse un prospectus avec chaque addition. Les gens vont acheter.

— Tu veux dire que les *femmes* vont acheter.

— Évidemment.

Elle prit une gorgée de son Cosmo. Amanda n'avait aucun scrupule à boire au déjeuner.

— Les femmes vont défiler ici avec des mecs qui leur paieront verre après verre dans l'espoir de les ramener chez eux pour s'envoyer en l'air, dit Jenna en souriant. Allez, Reece. Même si tu ne travaillais pas dans un bar, tu pourrais faire le calcul.

Il leva les yeux au ciel.

— Merci de m'accorder une bonne note. Je ne critiquais pas ton projet de marketing, je mentionnais seulement le fait qu'au bout du compte, la vente du calendrier ne nous conduira pas là où nous devrons être. Même avec tous ces hommes qui paieront des verres à leurs compagnes d'un soir.

Jenna hocha la tête.

— Tu as raison.

— Bien sûr, dit Reece en s'inclinant sous les rires d'Amanda.

Jenna les ignora tous les deux. Elle avait hâte de faire valoir son point de vue.

— Nous allons devoir faire plus que ça. Il faut faire venir des gens de l'extérieur, nous ne pouvons pas attendre d'avoir des calendriers à vendre. Qui a besoin d'un calendrier en avril, de toute façon ?

Amanda et Reece échangèrent un regard perplexe.

— Alors, tu ne veux plus faire de calendrier ? demanda-t-elle.

— Oh, que si, rétorqua Jenna, mais il ne s'agira pas uniquement des hommes dans le bar...

— Dieu merci... marmonna Reece.

— ... Ce sera un concours, conclut Jenna en lui jetant un regard en coin. Des concurrents qui vien-dront de l'extérieur *et* de l'intérieur du bar. Toi, tu pourrais être dans la course pour le mois de janvier.

— Attends une minute...

Il n'eut pas le temps de terminer sa pensée, inter-rompu par le cri perçant d'Amanda.

— J'adore ! Vous pourriez organiser un concours tous les quinze jours, faire de la promotion, ce qui vous amènera...

Elle commença à compter sur ses doigts.

— En octobre. Juste à temps pour l'imprimer pour l'an prochain. C'est brillant, non ? Je ne suis pas folle ?

— Ma belle, tu es un génie.

— Nous pourrions ajouter quelques recettes aussi, continua Jenna sur sa lancée. Ou mieux, nous pouvons faire un calendrier *et* un livre de recettes pour l'accompagner, avec des photos des gars accompagnés de nos cocktails qui se vendent le mieux. Nous pourrions le mettre en vente chez des libraires locaux, peut-être même à l'échelle nationale. Ça ferait une grosse collecte de fonds. Qu'est-ce que vous en dites ?

Jenna se tourna pour regarder Reece.

— Tu penses sérieusement que ça pourrait marcher ?

— Je *sais* que ça fonctionnera, lui assura-t-elle en croisant les doigts à l'abri de leurs regards.

En marketing, rien n'était jamais certain. Elle pouvait tout organiser, avoir les mecs les plus sexy du monde, et malgré cela, il y avait un risque que tout explose en plein vol.

Elle allait faire de son mieux pour éviter la catastrophe.

— D'accord, on fonce, dit-il. Du moment que je ne suis pas un de tes cobayes.

— Reece...

— Ce n'est pas mon genre, ma vieille. Tu le sais. Je suis un associé maintenant, tu te souviens ? J'aurai assez de travail sans avoir à me pomponner et à parader.

— Tu n'auras pas à te pomponner, dit Jenna. Seulement pavaner.

Elle parvint à garder un visage impassible, mais elle

ne put s'empêcher de glousser lorsqu'il lui lança un regard furieux.

— C'est bon, dit-elle en levant les mains. D'accord. Tu peux y échapper. Pour *cette* fois. Par contre, je vais tout faire pour le marketing et je m'attends à ce que tu participes quand j'aurai besoin de toi.

Il la regarda droit dans les yeux. Son expression était si intense qu'il la déstabilisa.

— Tu devrais savoir que je serai toujours là quand tu auras besoin de moi.

— Je...

Son cœur s'emballa et sa peau rougit. Pour la première fois depuis une éternité, elle ne pouvait pas soutenir son regard.

— Bien sûr que je le sais.

— Alors peu importe ce dont tu as besoin, tout ce que tu as à faire, c'est de le demander.

— Je...

Elle s'interrompit toute seule, sans trop savoir quoi dire. Il y avait quelque chose de franc, presque dangereux, dans la manière dont il la regardait. Comme s'ils n'étaient que tous les deux dans le bar et qu'il pensait chacun de ces mots. À ce moment précis, elle était persuadée qu'il se jetterait d'un immeuble si elle le lui demandait. Il participerait même au concours, oui. Pour elle. Si elle le demandait.

Il lui donnait ce pouvoir et elle en était profondément émue. Elle avait envie de lui lancer une réponse sarcastique et stupide. Le genre de choses qu'elle avait dit à Reece, son meilleur ami, des milliers de fois. Pourtant, ces mots ne pouvaient pas sortir pour le Reece qu'elle avait en face d'elle. Ils semblaient déplacés. Inadéquats.

Alors, elle dit la seule qui lui passait par la tête :

— Merci.

— De rien, répondit-il, les yeux toujours rivés sur les siens, d'une voix grave et naturelle qui sembla vibrer en elle.

Elle déglutit et sa main se referma sur son Coca Light, mais elle n'arrivait pas à trouver la force de le porter à ses lèvres ou de détourner le regard.

À côté d'elle, Amanda se racla la gorge.

— Hmm, Reece ?

Sa tête vira brusquement vers elle, et l'instant s'évapora comme de l'eau par une chaude journée au Texas.

Amanda pencha la tête, désignant un couple qui venait de s'installer sur deux tabourets de bar.

— Eh bien.

Reece jeta un regard de l'autre côté du bar, constata qu'Éric mélangeait des cocktails pour un groupe de clients, et s'empressa d'aller servir les nouveaux clients.

Amanda se tourna immédiatement vers Jen.

— C'était quoi, ça ?

— Quoi ? demanda Jen en feignant l'ignorance.

— N'essaie même pas. Pendant un instant, j'ai pensé vous demander de prendre une chambre.

— Oh, pitié, fit Jenna, les joues en feu. Je ne vois pas de quoi tu parles.

— C'est ça, moi aussi, j'aimais jouer à faire

semblant. Ensuite, j'ai grandi, dit-elle en souriant et en battant des cils. Ça ne devrait pas être désagréable de vieillir à ses côtés, je dois dire.

— Est-ce que tu peux baisser la voix ? demanda Jenna en jetant un regard gêné en direction de Reece. Il ne se passe rien du tout. C'est l'un de mes meilleurs amis.

— Avec un petit avantage ?

— Merde, Amanda. Arrête avec ça.

Elle l'examina pendant une seconde, puis elle prit une gorgée de Cosmo, pensive, avant de s'adosser à son tabouret.

— Je me suis trompée, dit-elle. Fais comme si je n'avais rien dit.

— Concentrons-nous sur notre projet et pas sur ton imagination débordante, d'accord ?

Amanda leva la main pour montrer qu'elle capitulait.

— Tu vas devoir faire passer le mot. Veux-tu que je parle à Nolan ?

— Tu pourrais ? Ce serait génial.

Le frère par alliance d'Amanda, Nolan, travaillait pour une station de radio, et bien que Jenna n'ait pas écouté son émission depuis son retour, elle avait entendu dire qu'il était très suivi pour ses blagues et le mélange de chansons locales et classiques qu'il passait.

— Sans problème. Tu vas aussi avoir besoin de contrats pour les modèles. Pour les participants certainement aussi. Il te faut leurs photos pour la promotion, non ?

— Bien vu.

Jenna croisa le regard de Reece alors qu'il ajoutait une cerise au cocktail.

— Qui s'occupe des papiers pour notre association ?

Sa bouche se transforma en rictus.

— C'est une bonne question. Nous devrons prendre un autre avocat que celui de Tyree. Pour éviter les conflits d'intérêts, ajouta-t-il en jetant un œil à Amanda. Tu dois travailler avec de nombreux avocats.

— Spécialisés en immobilier, par contre. Je peux demander qu'on me recommande quelqu'un pour vous.

— Ne t'en fais pas, dit Jenna. Je sors avec Easton ce soir après l'événement. Je lui demanderai s'il peut le faire ou s'il peut nous recommander quelqu'un.

— Easton ? fit son amie en haussant ses sourcils parfaits. Comme c'est intéressant.

Jenna éclata de rire.

— C'est toi qui l'as jeté.

Elle pouvait sentir le regard de Reece et elle mit un point d'honneur à ne pas se retourner vers lui.

— Je ne l'ai pas vraiment jeté, disons plutôt que le vent nous a poussés dans des directions différentes. Je n'avais pas pris conscience que vous étiez restés en contact.

— Il m'a appelée il y a quelques mois quand il avait des dépositions à faire à Los Angeles. Il est resté pendant une semaine, alors nous sommes sortis ensemble à quelques reprises. C'est un type bien.

— Il est super, convint Amanda dont les lèvres formèrent un sourire. Oui, *super*, c'est le mot.

— Amanda !

Cette fois, Jenna ne put réprimer l'instinct de jeter un regard vers Reece. Il versait du soda dans un grand verre... qu'il fit déborder.

— Merde, marmonna-t-il en détournant le regard.

— On va seulement boire un coup et prendre un dessert, dit Jenna à Amanda, mais assez fort pour que Reece puisse l'entendre.

C'était stupide, parce qu'il n'y avait aucune raison qu'il se préoccupe de la personne avec qui elle sortait. Pourquoi se souciait-elle de ce qu'il pensait ?

Sauf que, bien sûr, elle connaissait la réponse à cette question. Il s'avérait que c'était une question – et une réponse – qu'elle ne voulait pas considérer trop longtemps.

— Dans tous les cas, dit-elle d'une voix ferme et tranchante, le fait est que je peux l'interroger pour notre partenariat et les communiqués. Je voudrais lui demander aussi ce qu'il en est des compensations non monétaires.

Reece et Amanda avaient l'air déconcertés.

— Par exemple, si Maia accepte de m'aider avec une partie du travail marketing, je ne veux pas la payer puisque cela desservirait notre objectif. Peut-être qu'un carnet de coupons l'exonérant des frais d'entrée pourrait être envisageable. La même chose pour les charpentiers que nous trouverons pour réparer la scène.

— Oh, j'ai peut-être quelqu'un pour ça, dit Amanda. Je connais une personne qui rénove des maisons. En fait, je dois lui montrer le manoir Drysdale à nouveau la semaine prochaine. C'est la troisième fois qu'il la visite, s'il l'achète... s'interrompit-elle avec un sifflement. Avec cette commission, je pourrai m'offrir des chocolats et des Cosmos pendant un bon moment, vous savez.

— C'est le grand manoir près du Capitole, non ? Celui qui a besoin de toutes ces rénovations ?

— C'est ça, dit Amanda en haussant les épaules. Quoi qu'il en soit, s'il a le temps, il pourrait être intéressé.

— Ah oui ? Il est bon ?

— En fait...

Jenna leva les yeux au ciel.

— Je parlais de son travail, pas de sexe.

— Les femmes, marmonna Reece, amusé.

— Je ne sais pas, dit Amanda d'un air pince-sans-rire. Notre relation est strictement professionnelle.

— Il y a une première fois à tout, lança Jenna avant de se pencher aussitôt pour éviter la serviette en papier que son amie lui avait jetée.

Reece secoua la tête dans une exaspération feinte, puis leur signala qu'il serait bientôt de retour avant de partir à l'autre bout du bar pour voir quelque chose avec Éric.

— Sérieusement, reprit Amanda. Il avait une émission télévisée de rénovation. En plus, toutes les propriétés sur lesquelles il a travaillé et que j'ai vendues pour lui étaient de première qualité. Il doit avoir une vague idée de ce qu'il fait.

— Ça me semble une bonne possibilité. Tu m'enverras ses coordonnées ?

— Bien sûr. L'ennui, s'il achète le manoir, c'est qu'il n'aura certainement pas le temps, dit-elle en se pinçant les lèvres. En fait, je pense à quelqu'un qui serait encore mieux. Mon amie Brooke fait des rénovations commerciales, elle m'a dit qu'elle cherchait un projet de haut vol.

— Pourquoi ? Et qu'est-ce que ça veut dire ?

— Aucune idée, admit Amanda, mais je vais organiser une réunion et vous pourrez le savoir. C'est ma bonne action du jour, même si tu es une vraie garce.

— Qui est une garce ? demanda alors le cousin de Reece, Mike, jeune et dynamique, affichant une mine stupéfaite en portant deux égouttoirs de verres à bière.

Il les posa sans ménagement sur le comptoir et entreprit de les ranger.

— Selon Amanda, je suis une garce, mais elle m'aime quand même. C'est pour ça qu'elle règle l'addition. La prochaine fois, ce sera mon tour, quand je serai une employée rémunérée.

— Je t'ai déjà dit que c'était ma tournée, fit Amanda. Tu me sembles familier, est-ce que je te connais ?

— C'est le cousin de Reece, expliqua Jenna. Vous avez déjà dû vous rencontrer quelque part, mais qui sait ? Tu es en dernière année, c'est ça ?

— Oui, dit Mike. J'ai eu dix-huit ans il y a quelques

mois et je commence l'université à l'automne. Je travaille au maximum en attendant. J'économise, vous voyez.

— C'est une attitude très responsable, dit Jenna pendant qu'Amanda articulait silencieusement : *trop jeune, dommage.*

Jenna leva les yeux au ciel. Amanda aimait faire semblant de coucher avec tout ce qui bougeait, mais Jenna connaissait la vérité. Son amie était plus difficile que ça, même si elle n'avait jamais eu de relation sérieuse. Rien ne fonctionnait jamais, malgré les efforts de Jenna pour lui trouver quelqu'un.

— Écoute, je dois y aller, dit-elle. J'ai besoin d'organiser toutes ces idées et j'ai des recherches à faire pour ce soir.

— Pas de problème, répondit Amanda. Tu veux que je t'emmène ? Ou veux-tu appeler un co-voiturage ?

— Oh, tu n'as pas besoin de faire ça, dit Mike en plissant les yeux sur un verre avant de l'astiquer pour enlever des taches d'eau.

— Je n'en ai pas besoin ?

Jenna regarda Amanda qui haussa les épaules, tout aussi confuse.

— Comment ça ?

— Reece a une voiture pour toi, dit-il, tout sourire. Elle est derrière. Il a dit que tu serais surprise.

— Il a surtout dit qu'il voulait voir son visage quand elle verrait la surprise, intervint Reece en revenant vers eux, décochant un coup de torchon à Mike. Abruti.

— Désolé ! je ne voulais pas qu'elle parte en prenant un Uber ou quelque chose comme ça.

— Tu m'as sérieusement acheté une voiture ?

Elle ne pouvait pas détourner les yeux de Reece, qui se tenait là comme un chevalier servant, avec un sourire aussi éclatant que son armure.

— Avec quel argent ?

— Elle ne m'a pas coûté cher, dit-il. Je l'ai faite pour toi. Ou plutôt, je l'ai restaurée. Allez, viens. Elle est garée sur la zone de déchargement derrière.

Son cœur se serra. Elle essaya de se remémorer la dernière fois que l'on avait fait une chose pareille pour elle, si tant est que ce soit déjà arrivé. D'aussi loin qu'elle s'en souvienne, c'était inédit.

Pourtant elle l'attendait, une El Camino de 1972 jaune vif. Un mélange classique entre voiture et pick-up, avec une banquette unique à l'avant et un espace ouvert à l'arrière.

— Ce n'est pas l'ancienne voiture de ton grand-père ?

— Il s'est acheté une Lincoln. Il m'a dit que si j'arrivais à la faire fonctionner, je pouvais la prendre. Comme je savais que tu revenais à Austin sans voiture…

Il s'interrompit en haussant les épaules.

— Cela m'a pris seulement un week-end. Enfin, à partir du moment où je m'y suis vraiment mis pour la réparer. Avant, je la bidouillais de temps en temps, quand j'étais en congé.

Elle se tourna vers lui, une main sur le cœur.

— Reece, dit-elle, mais son nom semblait se bloquer dans sa gorge. Je n'arrive pas à croire que tu aies fait ça.

Il lui tendit la main pour serrer légèrement la sienne avant de se retirer, lui laissant le porte-clés.

— Vraiment ?

Elle referma la main autour des clés, qui portaient toujours la chaleur de ses doigts.

— Pour être honnête ? Si, je le crois volontiers. Tu as trouvé un travail à Mike. Tu aides Tyree. Bien sûr que tu m'as dégotté une voiture.

Elle leva la tête pour le regarder.

— Je parie que tu refais toi-même la toiture de ton père.

Il ricana.

— Non, je retouche ses armoires de cuisine.

Elle fit un pas en avant, puis elle se hissa sur la pointe des pieds pour déposer un baiser sur sa joue. Sa barbe lui chatouilla la lèvre.

— Tu es un homme bien, Reece Walker.

— Attends de voir comment elle roule avant de faire des déclarations de ce genre.

Il lui ouvrit la portière et elle y entra, puis elle baissa la vitre une fois qu'il eut refermé derrière elle. Après un instant, il s'éclaircit la voix.

— N'oublie pas de parler à Easton des questions juridiques. Il peut m'appeler pour les documents du partenariat.

— Je n'oublierai pas.

Elle inséra la clé dans le démarreur, mais elle ne la tourna pas encore. Il se tenait toujours à la fenêtre.

— Euh, tu veux autre chose ?

— Hein ? Oh, oui, dit-il en retirant sa main. Je me demandais seulement ce que tu as prévu samedi.

— Oh.

Son estomac fit des nœuds.

— Je ne sais pas. Pourquoi ?

— *Le Fix* aura un stand à l'Anniversaire de Bourriquet. Brent et moi espérions que tu pourrais te joindre à nous. Faith sera de la partie, bien sûr.

— Oh, répéta-t-elle en éprouvant une pointe de déception.

C'était ridicule. Elle adorait les Anniversaires de Bourriquet. L'événement annuel de Pease Park était une tradition à Austin, elle y allait depuis qu'elle était petite. En plus, elle aimait Brent et Faith et elle serait heureuse d'aider au stand du bar s'ils avaient besoin d'elle. Alors, pourquoi était-elle déçue ?

Il n'y avait aucune raison, se dit-elle résolument. Vraiment aucune.

Sur ce, elle tourna la clé, sentit le moteur vrombir et elle s'entendit dire :

— Tu sais quoi ? Ça me semble parfait pour samedi.

Easton Wallace était véritable connard.

C'était, du moins, l'opinion actuelle de Reece sur cet homme. Depuis que Jenna était partie, son avis avait changé toutes les heures, voire plus souvent, alternant de *sale chanceux* à *bourreau des cœurs sournois à arrêter de toute urgence.*

Sans mentionner toutes les insultes entre les deux.

Ce qui était probablement un peu injuste. Après tout, Reece était allé boire des verres avec Easton à quelques reprises depuis ce soir-là au *Broken Spoke*. Et puis, c'était Reece lui-même qui avait rappelé à Jenna d'interroger l'avocat au sujet des questions légales.

Mais à quoi pensait-il ?

Est-ce qu'il la poussait volontairement vers Easton ? Vers n'importe quel homme sauf lui-même ?

En fait, oui, c'était ce qu'il faisait.

Pourquoi ? Parce que Reece n'était pas doué avec les relations et que Jenna méritait un homme bien.

Même s'il ne se brûlait pas les ailes chaque fois qu'il était avec une femme, même s'il ne pensait pas que le mariage soit un rituel obsolète destiné à tuer la passion et à générer du mécontentement, il n'essaierait pas de faire la cour à Jenna. Trop risqué.

Il préférait passer sa vie sans la mettre dans son lit tant que cela signifiait qu'elle restait dans sa vie.

Alors, pourquoi avait-il cette envie de balancer son poing sur le nez aristocratique d'Easton ?

Parce que la pensée des mains d'Easton, ou, Dieu l'en préserve, de sa bouche sur Jenna était suffisant pour que Reece...

— Ça va ?

Il fit volte-face pour découvrir Brent appuyé contre l'embrasure de la porte du petit bureau où il faisait les cent pas.

— Quoi ?

— Tu fais des va-et-vient. Tu es inquiet pour tout ça ? Le partenariat ? Le plan ?

— Hmm ? fit Reece en secouant la tête, s'efforçant de changer de vitesse.

— Quoi ? Non, non, pas du tout. Je pensais simplement à Jenna.

Merde. Il ne voulait pas dire ça.

— Je voulais dire son entretien d'embauche, continua-t-il avant que Brent l'interroge. Son essai pendant l'événement de ce soir.

Il jeta un œil à sa montre. Il était plus de vingt et une heures.

— Je suppose que nous aurons bientôt des nouvelles, ajouta Reece.

— Je suis certain qu'elle va le décrocher. Tu connais Jenna. Quand elle décide de faire quelque chose...

— Oui, tu as raison. Je suis seulement... ce n'est pas grave. Je vais aller relever Cameron.

Reece bouscula Brent. Il avait l'impression d'avoir évité une balle. Il se dirigea vers le fond du bar et tapa sur l'épaule de Cam.

— Prends ta pause pour dîner. Je m'occupe du bar.

— C'est vrai ?

Cam fronça les sourcils, probablement parce qu'il n'avait pas l'habitude que Reece couvre le service alors qu'il y avait des employés en nombre suffisant. Aujourd'hui, toutefois, Reece voulait se distraire en préparant les cocktails. S'il se concentrait sur les mélanges, il ne penserait pas à Jenna.

Il passa l'heure suivante à servir des verres, à circuler entre les clients, à discuter avec les réguliers, et de manière générale, restait concentré sur le travail... et rien d'autre.

Il avait pratiquement réussi à repousser les pensées concernant Jenna derrière un rideau dans sa tête quand la vibration de son téléphone dans sa poche le surprit. Il le sortit, jeta un œil à l'écran et, soudain, tous ses efforts retombèrent comme un soufflé.

C'était Jenna.

Il répondit à la deuxième sonnerie.

— Salut, comment s'est passé l'entretien ? Est-ce que tu sais...

— Reece ? fit-elle d'une voix éraillée.

— Jenna ?

Il l'entendit déglutir, puis haleter. Enfin, les mots arrivèrent, tendus et étranglés.

— Est-ce que tu m'entends ?

Était-elle en train de pleurer ?

— Oh là, calme-toi, fit-il d'une voix basse et calme, comme lorsqu'il était avec Faith et qu'elle se réveillait après un cauchemar.

À l'intérieur, son cœur battait la chamade.

— Est-ce que tu vas bien ?

Des images d'accident de voiture lui vinrent à l'esprit. Ou de jeunes voyous, grands et musclés, avec des tuyaux en métal entre les mains et de la colère sur le visage.

— Peux-tu me dire ce qu'il se passe ?

— J'ai seulement… j'ai seulement…

Sa voix se brisa et il l'entendit soupirer. De toute évidence, elle essayait de se ressaisir.

— Je suis désolée, finit-elle par dire. Je sais que tu travailles, mais est-ce que tu peux venir ? S'il te plaît, Reece. J'ai besoin de toi.

DIX

Jenna faisait les cent pas le long de la voiture. Elle continuait de marcher, parce que si elle s'arrêtait, elle allait pleurer, crier ou se jeter à l'arrière de la El Camino pour sangloter comme un bébé.

Merde. Comment avait-elle pu être aussi stupide ? Aussi ridiculement naïve ?

Et où était Reece ? Il devrait être arrivé maintenant. Elle n'était qu'à quinze minutes du centre-ville et elle l'avait appelé depuis vingt minutes. Il n'était toujours pas là, et plus les minutes passaient, plus elle se sentait bête de l'avoir appelé. Elle aurait pu appeler Brent. Ou Amanda. Et puis, merde, elle aurait pu appeler Easton.

Non, ses doigts avaient composé le numéro de Reece, et maintenant il allait la voir comme ça, usée, défaite, pleurnicharde, avec son mascara qui avait coulé.

Où était-il ?

Elle s'essuyait de nouveau les yeux quand un crissement de pneus se fit entendre au loin, suivi par des phares qui émergèrent au-dessus de la colline menant au parking où elle faisait les cent pas. Puis Blue se gara et Reece piqua un sprint pour parcourir la distance entre son pick-up et elle.

— Jenna.

Ses mains s'enroulèrent autour de ses bras et il la maintint immobile tout en la dévisageant, passant en revue chaque centimètre. Son inspection était tellement méticuleuse qu'elle était persuadée qu'il voyait sa déception, son embarras, sa frustration.

Sa peur.

Non pas la peur du noir ni des dangers éventuels de ce parking isolé, plongé dans l'obscurité.

Non, cette peur était toute nouvelle. Elle découlait de l'intensité qu'elle découvrait dans son expression. Un feu si vif qu'il pourrait la réduire en cendres. Elle décelait autre chose, aussi. Une promesse. Ou peut-être une menace.

Elle n'en était pas certaine, mais quand il se pencha vers elle, elle sentit son souffle se bloquer dans sa gorge et son cœur se serra, dans l'expectative. *Il allait l'embrasser.*

Elle prit une petite inspiration et ce souffle agit comme un talisman, rompant le charme. Il se figea et se redressa, de manière presque imperceptible, mais suffisamment pour que Jenna sache que la possibilité d'un baiser s'était estompée avec ce souffle perdu... Elle ne savait pas si elle devait en être soulagée ou très *très* déçue.

— Mon Dieu, Jenna, tu m'as fait peur. Est-ce que tu vas bien ?

Il la serra contre lui, l'écrasant contre son torse. Ce fut à ce moment qu'elle prit conscience de l'inquiétude dans laquelle elle l'avait plongé, mais aussi qu'elle avait désespérément besoin de le voir ce soir.

Les doigts de Reece se refermèrent autour de ses bras alors qu'il relâchait son étreinte. Cette fois, il darda ses yeux dans les siens. Il la libéra, puis il dégagea ses cheveux de son visage avec des gestes si tendres qu'elle l'enserra de ses bras.

— Je vais bien, murmura-t-elle d'une voix étouffée contre son torse. Je vais bien, maintenant.

— Qu'est-ce qui s'est passé ? Tu es blessée ? Est-ce que quelqu'un...

— Non. Rien de tout ça.

Elle déglutit, reprit ses forces, puis fit un pas en arrière. Ses émotions étaient confuses, mais maintenant qu'il était là, elle se sentait plus calme et d'autant plus bête après tout ça.

— Je... Ce n'est pas aussi terrible qu'on pourrait le croire. Je te le promets. C'est seulement... Je ne sais pas. C'était une accumulation de choses. Je pensais qu'ils étaient sérieux quand ils disaient que je pourrais avoir le poste, mais...

— Tu ne l'as pas eu ?

— J'en étais même loin. Toute la situation, c'était du grand n'importe quoi. J'étais avec une demi-douzaine d'autres candidats, et il était plus qu'évident qu'ils n'avaient aucun intérêt pour aucun de nous. Nous étions seulement là pour faire du bénévolat, et...

Elle serra les poings de part et d'autre de son corps. Elle ne voulait plus y penser. Depuis plus d'une heure, elle s'autoflagellait pour sa stupidité. Pour avoir nourri autant d'espoirs à propos de ce qui lui semblait être une situation parfaite. La vérité, c'était qu'elle aurait dû voir les signes précurseurs.

— Je suis désolé, dit-il doucement en la reprenant dans ses bras.

Il lui caressa le dos, décrivant de petits cercles, et elle sourit contre son épaule. Elle se sentait détendue et en sécurité.

— Je me sens ridicule.

— Tu pensais avoir trouvé ce que tu cherchais. Tu étais trop proche du but et trop excitée pour voir le côté sombre.

Elle ferma les yeux et acquiesça contre son torse.

— Merci d'être venu.

— Tu rigoles ? Je serai toujours là pour toi.

— Je ne leur ai même pas dit que je partais, ajouta-t-elle en faisant un signe en direction de l'entrepôt où l'entreprise filmait toujours. Je me suis enfuie. Je n'avais qu'une seule envie, c'était de m'éloigner, mais ensuite, la voiture ne voulait pas démarrer et...

Les larmes obstruaient sa gorge et il lui prit le menton en la regardant droit dans les yeux.

— Arrête ça. Je suis là maintenant. L'union fait la force, tu te souviens ?

Il leva la main et elle alla à sa rencontre pour entre-choquer leurs poings, comme ils le faisaient tous les trois quand ils étaient au collège.

— Les mousquetaires ne sont que deux ce soir, dit-elle. Tu n'as pas amené Brent.

— Non, mais tu ne l'as pas appelé non plus.

Elle sentit ses joues rougir et elle espéra qu'il ne l'avait pas remarqué. Le seul qu'elle voulait, c'était Reece.

Elle se garda bien de le lui dire. Au lieu de quoi, elle haussa une épaule et regarda le sol.

— Eh bien, tu sais, je me suis dit que tu serais le seul qui pourrait réparer la voiture, dit-elle en levant la tête. Tu peux le faire, n'est-ce pas ?

— Je vais essayer.

Elle fit un pas en arrière afin de lui laisser la place pour examiner la voiture. Il souleva le capot, puis il lui tendit son téléphone en lui demandant de diriger la lumière vers le moteur. Elle n'avait aucune idée de ce qu'il faisait, mais il sortit de sa poche un petit couteau à cran d'arrêt et tritura un élément avant d'en resserrer un autre.

Après quelques minutes, il s'écarta du moteur et se tourna vers elle.

— Ça devrait être bon.

— Merci, dit-elle en avalant sa salive. Je suis... Enfin, je dois retrouver Easton dans une demi-heure et je ne voudrais pas être en retard.

Sa mâchoire se contracta.

— Non, il vaut mieux éviter.

Pendant un instant, ils se regardèrent. Ensuite, elle s'essuya les mains sur sa jupe et se racla la gorge.

— Alors. Bon. Je... euh, je suppose que je dois voir si ça fonctionne, maintenant.

Elle fit un pas vers la portière du conducteur. Elle n'y parvint pas. La main de Reece se referma sur son poignet et il la tira en arrière, un bras autour de sa taille alors que sa bouche venait à la rencontre de la sienne. Immédiatement, elle fondit. Son corps se réchauffa, alangui et malléable, même quand elle le sentit durcir contre elle. Elle gémit spontanément et il en prit avantage, glissant sa langue dans sa bouche. Il prenait possession d'elle, il la goûtait.

Il la désirait.

Quelque chose lui hurlait de battre en retraite. Que tout cela était une erreur et qu'elle devait le repousser. Se retirer.

Elle n'en fit rien. Elle en était incapable. Parce que c'était Reece. C'était ce qu'elle voulait, celui qu'elle désirait.

Alors, elle fit la seule chose qu'elle pouvait faire. Elle s'abandonna.

Reece avait imaginé ce moment des centaines – non, des milliers – de fois au cours des huit derniers mois. Sa chaleur entre ses bras. Le goût de sa bouche. La pression de ses lèvres contre les siennes.

Il avait passé de longues heures à imaginer sentir

son corps contre lui, sa peau chaude, son pouls qui s'accélérait sous l'effet du désir.

Encore et encore, il avait succombé au fantasme de ce moment parfait et débridé.

Pourtant, son imagination était loin de s'approcher de la réalité que lui offrait maintenant cette femme dans ses bras.

Malgré cela, ce n'était pas suffisant. Il la désirait. Il avait besoin d'elle.

En lui, un barrage avait cédé et tout le désir âprement contenu se déversait, menaçant de lui voler sa raison et de submerger ses sens.

Sa bouche affrontait la sienne, la prenait, jouait avec elle. Leur baiser était tellement fougueux et ardent qu'il sentait presque le goût du sang. Son sexe lui faisait mal et chacun des soupirs passionnés et discrets de Jenna le rendait plus rigide encore, jusqu'à ce qu'il n'ait plus qu'une seule envie, la jeter à l'arrière de la El Camino et la pénétrer sous la lueur des étoiles.

Il voulait la sentir céder, se perdre dans sa chaleur. Il voulait embrasser chaque centimètre carré de son corps. Il voulait mémoriser la texture de sa peau et en explorer chaque recoin, chaque courbe.

Il désirait l'avoir à sa merci, et l'idée qu'elle le veuille aussi le touchait et l'enchantait.

— Jenna, murmura-t-il afin de sentir son prénom sur ses lèvres.

Ensuite, il glissa les doigts dans ses cheveux et maintint sa tête pour réclamer sa bouche encore davantage.

Son autre main s'aventura sur son corps. Il apprécia les soupirs d'excitation qu'elle poussa lorsqu'il saisit ses fesses à travers sa jupe. Il avait envie de remonter le tissu et de passer la main entre ses cuisses, puis d'explorer son entrejambe lisse et humide.

Son sexe palpita à cette idée, mais il força sa main à prendre une autre direction. Il se laisserait aller bien assez tôt dans cette douce chaleur. Maintenant, la tentation était trop grande. Quand bien même cette pensée l'excitait, il n'avait aucune intention de prendre Jenna à l'arrière de la El Camino.

Pas ce soir, du moins.

Il lui caressa la hanche, remonta le long de sa taille, puis encore plus haut, jusqu'à atteindre le gonflement de son sein. Il sentit un frisson qui la traversait, puis il l'entendit murmurer son prénom.

— Jenna, fit-il en posant la paume sur son sein.

Son pouce caressa son téton, qui pointait sous le tissu fin de son soutien-gorge et de son chemisier.

Elle expira en frissonnant et son dos s'arqua comme pour l'inviter à une caresse plus intime.

Il était tenté d'accepter. Il mourait d'envie de déchirer son chemisier, de tirer sur son soutien-gorge et de donner de petits coups de langue sur son téton jusqu'à ce qu'elle le supplie de continuer.

Elle le ferait... il savait qu'elle le ferait.

Elle était à lui, désormais. Il ne devait plus attendre. Il n'avait plus à espérer.

À lui.

Bon Dieu, elle s'offrait enfin à lui.

Il avait l'intention de prendre son temps pour explorer chaque parcelle de son corps, la punir avec un plaisir incessant jusqu'à ce qu'elle crie son nom, qu'elle le supplie de la prendre et...

— S'il te plaît.

Ces mots qui revenaient si souvent dans ses fantasmes attirèrent son attention.

— Jenna, nous...

— ... ne pouvons pas, finit-elle en se dégageant.

Elle se tenait devant lui, le souffle court, malheureuse.

— Reece, je suis désolée. Je suis vraiment, vraiment désolée. C'est... je veux dire, ce n'est pas... Enfin, nous ne pouvons pas...

Elle s'interrompit à nouveau, se mordit la lèvre inférieure et pencha la tête pour rencontrer son regard.

— Ne me déteste pas, murmura-t-elle, mais je ne peux pas.

ONZE

Reece ouvrit une bouteille de Jack qu'il gardait dans le placard à côté de l'évier, s'en servit un verre et le jeta à travers la pièce avant même d'en avoir bu une gorgée.

Merde.

Il l'avait perdue.

Elle était juste devant lui. *À lui.* Dans ses bras, exactement là où elle devait être. D'une certaine manière, il l'avait perdue.

Il s'effondra sur le canapé, puis il but directement au goulot, fermant les yeux quand le whisky lui brûla la gorge en descendant.

Pourquoi serait-il surpris ? Il savait très bien que, même s'il l'avait, il ne serait jamais capable de la garder. Chacune de ses relations s'était soldée par un échec. Tout de même, il ne s'attendait pas à ce que la fin avec Jenna arrive seulement quelques minutes après le début.

Avec un grognement, il laissa sa tête retomber en

arrière tout en se frottant le torse dans un effort futile pour soigner la plaie qu'elle lui avait infligée en se dégageant avant d'aller rejoindre Easton.

Cet enfoiré d'Easton, un avocat beau garçon. Un homme qui ne vivait pas au-dessus du garage de son père. Un homme stable, intéressant, qui n'avait pas parié tout son argent pour aider un ami.

Il serait certainement parfait pour elle et Dieu savait que Jenna méritait le meilleur.

Alors, non, Reece n'était pas jaloux de cet homme. Quand bien même il voulait le tuer.

Il prit une autre gorgée et soupira en sentant le liquide embraser ses veines. La soirée avait été affreuse. Et le pire ? C'est que la seule personne avec qui il avait envie de parler était également la seule personne qu'il ne pouvait pas appeler. *Merde.*

Il ne pouvait pas même appeler Brent. D'une part, Reece n'avait aucun intérêt à confesser la vérité. D'une autre, il savait que son ami était toujours au *Fix*. Il y serait jusqu'à la fermeture, puis il se coucherait pour prendre quelques heures de repos avant de passer sa journée de congé avec Faith. C'était un jour de classe, mais puisque la fillette était en maternelle, il avait confié à Reece qu'il enfreindrait les règles, pour une fois.

Il devrait peut-être appeler Megan...

Elle ne pourrait pas complètement chasser Jenna de ses pensées, mais elle pourrait au moins lui donner quelques heures de paix.

Il commença à chercher son téléphone avant de se

raviser. Il ne voulait pas la paix, enfin, pas vraiment. Il préférait se sentir fébrile et désirer Jenna plutôt que d'avoir une autre femme dans son lit. Peu importe à quel point il pouvait apprécier sa partenaire d'un soir ou à quel point le sexe pouvait être bon, ce ne serait jamais qu'une relation creuse.

Reece ne pensait pas être capable de se contenter à nouveau d'une relation vide de sens.

Frustré, il but une autre gorgée, puis il ferma les yeux et pencha la tête en arrière. Il n'avait pas l'intention de dormir, mais l'instant d'après, la lumière du jour filtrait déjà par la fenêtre à l'est, réchauffant sa peau et forçant ses yeux à s'ouvrir pour faire face à un nouveau jour.

Un jour sans Jenna.

Cette pensée le fit gémir et il se força à sortir du canapé. Ses muscles protestaient, il avait dormi toute la nuit à moitié sur les coussins et à moitié dans le vide, et sa tête le faisait souffrir avec les palpitations fâcheuses d'une gueule de bois et les résidus inconfortables de ses rêves sensuels. Il se sentait mal, mais il était déterminé à ne pas passer la journée à imaginer Jenna s'envoyer en l'air avec Easton.

Lorsque sept heures arrivèrent, il avait revêtu un t-shirt de concert délavé et un jean élimé. Avant sept heures quinze, il avait avalé une tartine et un verre de jus d'orange. À sept heures trente, il était dans le garage, une ponceuse à la main, et il décapait la dernière porte des placards de son père.

Il travaillait lentement et méticuleusement, laissant le travail chasser toutes ses pensées jusqu'à ce qu'il n'y ait rien d'autre que le bois et la perspective de transformer un vieux meuble abîmé en une belle réussite neuve et moderne. Bientôt, il appliquerait la dernière couche de vernis, puis il éteindrait les machines. Il se retourna pour prendre un linge humide.

Il ne fut pas difficile à trouver. Dès qu'il tendit la main, ce fut son père qui lui remit le torchon brun.

— Il est un peu tôt pour faire de la menuiserie, tu ne trouves pas, fiston ?

— Oh, zut, papa, Désolé. Est-ce que je t'ai réveillé ?

Son père éluda la question d'un geste.

— Tu me connais. Je me lève avec le soleil. Et puis, Edie ne s'est jamais levée après six heures de toute sa vie. Toi, en revanche, je ne t'ai jamais vu debout aussi tôt.

Reece eut un petit sourire suffisant. Il n'avait jamais été un lève-tôt, mais son père était sujet à l'exagération.

— J'essaie d'avancer un peu.

Il avait accepté ce projet de placard quelques semaines auparavant, après que la petite amie de son père, Edie, lui eut fait remarquer leur apparence abîmée. Reece s'était dit qu'il s'occuperait des placards de la cuisine en premier, puis qu'il s'attaquerait aux salles de bain au cours de l'été.

— Je t'ai vu rentrer, dit son père en s'appuyant contre l'une des poutres du garage avant d'allumer une cigarette.

— Ça va te tuer, commenta Reece par automatisme.

Il avait essayé de pousser son père à arrêter toute sa vie, sans succès. D'ailleurs, les trois ex-femmes de son père, dont sa mère, avaient toutes échoué successivement.

— N'en parlons pas, répondit-il comme toujours.

Son père fumait depuis qu'il avait quinze ans et il leur avait expliqué qu'il ne voyait aucune raison d'arrêter.

— Il était assez tard, ajoute-t-il.

Il fallut un instant à Reece pour comprendre qu'il parlait de l'heure à laquelle il était rentré la veille.

— Je pensais qu'à trente ans, je pouvais sortir tard sans avoir à appeler à la maison pour prévenir.

— Je suis resté éveillé tard, moi aussi, continua son père en ignorant la pointe de sarcasme. J'ai vu ta lumière allumée, et te voilà debout aux aurores.

— Et alors ?

Son père exhala un nuage de fumée.

— Je me demandais seulement si quelque chose te tracassait.

Reece soupira. Il aurait dû le voir venir.

— Non, mentit-il. Bon, d'accord. Je pensais que je devrais peut-être rester dans l'appartement plus longtemps que je le pensais au départ. Je ne suis pas certain d'être prêt à construire la maison tout de suite, et tant que ça ne te dérange pas, j'aimerais mieux ne pas m'embêter à déménager toutes mes affaires.

Le mensonge lui était venu avec aisance. La

dernière chose que Reece voulait, c'était dire à son père aux tendances grippe-sou qu'il avait donné pratiquement toutes ses économies à Tyree en échange d'un partenariat dans un bar à la dérive.

Non que Reece soit pessimiste quant à leurs chances de succès, au contraire. Mais il ne voulait pas recevoir de sermon de la part de son père. Il avait peut-être trente ans et il était capable de faire des développés couchés avec plus de cent kilos au bout des bras, mais pour Charlie Walker, Reece restait le petit maigrichon d'école primaire qui se faisait harceler par les CM2.

— Ça ne devrait pas poser de problème, dit Charlie. Edie envisageait d'inviter Oliver à s'installer ici vers la fin du mois d'août.

— Oliver ?

— Son plus jeune petit-fils. Il commence à l'université du Texas à l'automne. Penses-tu être toujours dans l'appartement à ce moment-là ?

Reece leva un sourcil.

— Et toi, tu penses être toujours avec Edie à ce moment-là ?

— Ne sois pas impertinent, mon garçon. Tu crois que je ne suis pas conscient de ma chance avec cette femme ?

— Je crois surtout que tu changes de femme comme de mouchoir.

Son père se racla la gorge.

— Si tu as besoin d'un endroit pour vivre, l'appartement est à toi. Tu veux parler d'autre chose ?

— Non, rien.

Son père écrasa sa cigarette, puis il lui lança un long regard pensif.

— Tu as quelque chose à l'esprit ? demanda Reece.

— Tu es un homme bien, mon grand.

Reece fit une grimace en regardant en direction des placards.

— Quoi ? Ça ? Je devrais avoir terminé maintenant.

— Les placards. La rénovation de cet appartement même si ça ne sera pas le tien pour toujours. Le pick-up.

— Le pick-up ?

— La vieille El Camino de ton grand-père. J'ai entendu dire que tu l'avais donné à Jenna.

— Elle a quelques petits soucis financiers en ce moment, dit Reece, les sens en alerte à la mention de son nom.

— Ce n'est pas une critique. Cette fille fait pratiquement partie de la famille.

— C'est vrai, admit-il en mettant les mains dans ses poches. Autre chose ?

— J'ai discuté avec Tyree la nuit dernière.

— Ah oui ?

— Il m'a parlé du partenariat.

La voix de son père s'était adoucie, et même si ce n'était que le fruit de son imagination, Reece pensa avoir entendu une trace de fierté.

— L'appartement est à toi, tant que tu en as besoin.

Une boule se forma dans sa gorge et il avala pour la faire descendre.

— Mais pour le petit-fils d'Edie ? demanda-t-il en cherchant un nouveau linge humide.

— Bah, les résidences universitaires, ça a du bon. Ne t'inquiète pas pour ta maison.

Reece leva brusquement la tête, surpris. Ces félicitations pour ce qu'il avait fait envers Tyree et ce qu'il avait abandonné en cours de route ne ressemblaient pas du tout à Charlie.

— Si c'est ton rêve, tu y arriveras. Parfois, les rêves prennent du temps, ajouta son père. Parfois même, on ignore quel est son rêve avant qu'il vous regarde droit dans les yeux.

Une lueur inhabituelle dansait dans ceux de son père.

— Papa ?

Mais Charlie s'empressa d'agiter la main dans un geste évasif.

— Ne fais pas attention à moi. Je ne suis qu'un vieil homme qui radote. Le principal, c'est que je suis fier de toi, mon fils.

Il se dégagea de la poutre pour se redresser.

— Maintenant, Edie et moi, on va prendre le petit déjeuner, puis nous avons rendez-vous dans une agence de voyages.

— Une agence de voyages ? Papa, je n'arrête pas de te dire que c'est facile de réserver des billets d'avion sur Internet. Tu n'as pas besoin de passer par une agence de voyages.

— Nous envisageons de faire une croisière. Je préfère me simplifier les choses.

La porte de derrière s'ouvrit et Edie entra avec sa coiffure volumineuse. Edie était née et avait grandi dans le Panhandle, et elle arborait toujours la coiffure stéréotype du Texas.

— Regardez-le, s'exclama-t-elle.

Elle vint vers lui pour le serrer dans ses bras et il lui rendit son étreinte, inspirant une bouffée de parfum Shalimar et de crème pour le visage Pond.

— Je vais te préparer un petit déjeuner copieux une fois que ces placards seront raccrochés. Tu es le plus adorable des garçons.

— Avec plaisir, dit Reece.

De toutes les femmes qui étaient entrées et sorties de la vie de son père, Edie était celle qui lui manquerait le plus quand tout cela se terminerait.

Parce qu'avec son père, ça se terminait toujours.

Tel père, tel fils, pensa-t-il en regardant Charlie ouvrir la portière passager de la Cadillac pour Edie.

Alors que son père faisait marche arrière dans l'allée, Reece songea au nombre de femmes qui étaient passées dans son propre lit, en se disant qu'il n'avait jamais vraiment désiré aucune d'elles. Pas de manière permanente, en tout cas. Ce n'était qu'un confort momentané. Des compagnes pour un moment, mais jamais pour longtemps.

Il n'avait pas trouvé de femme pour la vie.

À moins que ce soit le cas, au contraire, et qu'il ait trop peur de bouleverser le statu quo pour tenter quoi que ce soit.

Parfois même, on ignore quel est son rêve avant qu'il vous regarde droit dans les yeux.

Les mots de son père résonnaient dans sa tête et il devait le soutenir parce qu'il avait raison. Il avait mille fois raison.

Jenna.

Elle avait toujours fait partie de sa vie, mais il avait été trop aveugle pour en prendre conscience jusqu'à ce soir-là, avant son départ pour Los Angeles. La nuit où tout avait basculé.

Plutôt que d'accepter la réalité et d'agir en conséquence, il l'avait combattue.

Jusqu'à présent, en tout cas. La veille au soir, il avait cessé de se battre. La veille au soir, il l'avait serrée contre lui et l'avait faite sienne. Bon sang, tout semblait normal. Parfait, même.

Du moins, jusqu'à ce qu'elle se dégage.

Or il avait vu la vérité dans ses yeux et l'avait sentie dans ses baisers. Elle le voulait aussi, il en était certain.

Maintenant, Reece savait ce qu'il devait faire.

Pendant des années, il avait combattu ses propres désirs, mais c'était terminé.

Maintenant, il avait une nouvelle bataille à mener.

Maintenant, il devait se battre pour Jenna.

DOUZE

À l'exception des rares immeubles de bureaux au coin de la Sixième et de Congress, les quelques pâtés de maisons qui s'étendaient entre Congress Avenue et l'autoroute I-35 étaient occupés principalement par des restaurants et des bars. Ce qui expliquait qu'à huit heures du matin, la rue semblait abandonnée et moribonde.

Cela ne dérangeait pas Jenna. Elle-même était dans le même état, abandonnée, moribonde. Puisqu'elle n'avait pratiquement pas dormi la nuit dernière, elle s'était dit qu'elle viendrait au *Fix* de bonne heure pour se poser derrière l'un des bureaux abîmés et commencer à organiser ses listes.

Elle s'était garée à quelques rues de là, sur une place de parking où elle pouvait rester toute la journée. Elle était seulement à quelques mètres du bar quand elle entendit quelqu'un l'appeler. Elle s'arrêta et jeta un œil par-dessus de son épaule. C'était Megan qui accourait en tirant derrière elle une grande valise sur roulettes.

— Tiens, salut, ça fait plaisir de te revoir, dit Jenna. Où vas-tu de si bon matin ?

— Un des magazines du coin écrit une histoire sur le personnel du Capitole. Je m'occupe du maquillage des employés sélectionnés pour les photos.

— À pied ?

Megan agita la main, comme pour éluder la question.

— Ce n'est qu'à quelques rues et j'ai l'habitude de traîner ce truc partout. Il y a plus de maquillage que ce dont j'ai besoin, mais ça donne l'impression au client qu'il en a pour son argent.

Jenna sourit. Elle appréciait Megan, même si elle couchait avec Reece.

Cette pensée lui vint spontanément et elle eut un mouvement de recul. Parce que Reece pouvait bien coucher avec qui il voulait, ça ne la concernait pas.

— Tout va bien ? demanda Megan.

— Oh, j'ai un truc dans ma chaussure.

— Tiens, dit-elle en approchant sa valise de Jenna. Elle est robuste. Assieds-toi et retire-le.

— Non, ce n'est rien.

Mais Megan lui avait déjà présenté sa valise et Jenna se sentait bête. Elle s'assit, leva le pied et retira sa ballerine.

— Voilà, mentit-elle en se relevant. Je crois que je l'ai eu. Merci.

— Aucun problème, dit Megan en reprenant sa marche en direction de l'ouest.

Elles cheminèrent côte à côte, silencieusement au début, puis Megan s'éclaircit la voix.

— Écoute, je voulais que tu saches que ce qui s'est passé entre Reece et moi... ce n'est rien de sérieux.

Jenna s'arrêta.

— C'est vrai ?

— Oui, nous avons seulement... passé un bon moment, tu sais.

Ses joues rougirent, mais elle regardait Jenna dans les yeux tout en parlant.

Cette dernière fronça les sourcils.

— Hmm, pourquoi tu me dis ça ?

— Eh bien. Je pensais... Reece et toi, vous n'avez pas une liaison ?

Les yeux s'agrandirent.

— Oh, non. Non !

Elle pensa à la folle soirée de la veille, à ce baiser idiot, et elle sentit son corps entier s'embraser. Elle prit soin d'insister sur la dernière partie :

— Non, non. Nous ne sommes que de bons amis.

— Oh ! fit Megan en secouant la tête. Je suis désolée. Il m'a bien dit que vous n'étiez pas ensemble, mais il était si coupable de ne pas être venu te chercher, et ensuite quand j'ai vu la façon dont il te regardait au bar, j'ai pensé... mais ce n'est rien.

— Quoi ?

— C'était mon imagination, de toute évidence.

— À l'évidence. Ton imagination.

Dans ses veines, toutefois, une chaleur agréable et troublante se diffusait progressivement.

— C'est amusant que tu aies pensé ça, ajouta-t-elle d'une voix qui lui parut étrange même à ses propres oreilles.

Elles atteignirent *Le Fix* et Jenna se laissa envahir par une vague de soulagement. Elle était à court d'idées pour relancer la conversation.

— Je m'arrête ici. Amuse-toi à ta séance photo.

— Merci. Je passerai peut-être plus tard.

— Génial. Je dirai à Reece que tu le salues.

Jenna souriait tellement que ses joues lui faisaient mal. Elle attendit que Megan traverse la rue avant de fermer les yeux et de se botter mentalement les fesses. À quoi jouait-elle, honnêtement ? L'éventuelle relation entre Megan et Reece ne la regardait en rien.

Sa joie était follement égoïste et un brin méchante, parce qu'elle n'avait aucune intention de le garder pour elle.

Elle fut soulagée de s'éclipser dans le bar désert. Bientôt, elle était installée dans le bureau avec un bloc-notes devant elle, un stylo au nom du *Fix* à la main, et son esprit grouillait d'idées et de projets.

Elle pensait à Reece, aussi.

Une heure plus tard, elle n'avait rien réussi à accomplir du tout, malgré les milliards de choses à réaliser pour le concours de calendrier, la centaine de coups de fil qu'elle devait passer si elle voulait construire un projet marketing solide, sans compter tout le reste.

Il y avait des propositions à rédiger, des fournis-
seurs à engager, des imprimeurs à comparer, les médias
à contacter. Il y avait tant à faire, et pourtant tout ce
qu'elle pouvait montrer comme fruit de ses efforts,
c'était une feuille couverte de griffonnages.

Merde.

Les larmes lui piquèrent les yeux quand elle
déchira la page inutile de son bloc-notes. Rien ne fonctionnait. Ni le concours pour le calendrier qu'elle
essayait d'organiser. Ni sa recherche d'emploi. Ni son
projet de se concentrer sur *Le Fix* ce matin et d'oublier
Reece.

Ah, ce mec... il avait tout gâché.

D'accord, peut-être pas tout. Il l'avait sauvée de ce
parking sombre au sud d'Austin, dans un quartier
qu'elle ne connaissait pas, mais il l'avait embrassée
ensuite, et maintenant il y avait quelque chose entre
eux. Cette situation était délicate, troublante autant
qu'étrange.

Bon, peut-être pas l'intégralité de la situation. Le
baiser avait été incroyable, mais le reste était terriblement délicat. Gênant et fâcheux. Parce qu'elle, Reece
et Brent avaient toujours formé un trio. Un triangle
absolument platonique.

Du moins, c'était ce qu'elle se disait depuis qu'elle
était revenue à Austin.

Essayait-elle de s'en persuader, de se *mentir* ?

Elle aurait dû y mettre un terme tout de suite. Si
elle avait été n'importe quelle femme, n'importe quelle
amie, elle l'aurait vivement repoussé en plaquant les

deux mains sur son torse au moment où ses lèvres avaient rencontré les siennes. Elle aurait dû se montrer déterminée et lui dire qu'il n'y aurait rien de plus que de l'amitié entre eux.

Mais elle ne l'avait pas fait.

Mon Dieu, c'était pire ! Elle l'avait embrassé en retour. Encore maintenant, elle pouvait sentir les échos de ce baiser qui se réverbéraient à travers son âme, chaud, profond, sauvage et brutal.

Il l'avait enflammée, il avait embrasé ses sens et sa volonté avait fondu comme neige au soleil. Il lui avait fallu toute sa force pour parvenir à interrompre ce baiser, alors que ce qu'elle aurait vraiment voulu, c'était le supplier de la pencher contre le capot de la voiture, de retirer d'un coup sec sa culotte et de la prendre là, au clair de lune.

— Tu es une idiote, Jen, se murmura-t-elle. Une idiote de premier ordre.

— Peut-être, dit alors une voix au timbre chaud dans l'embrasure de la porte. Mais une adorable idiote.

Reece.

Elle garda la tête baissée, convaincue d'avoir les joues cramoisies. Tout le reste de son corps était rouge, en tout cas. Le son de sa voix réchauffait sa peau et faisait pointer ses tétons. Il y avait aussi une dangereuse pulsation entre ses cuisses.

Mieux valait ne pas relever la tête. Si elle continuait à travailler, il partirait. C'était un homme intelligent, après tout. Il comprendrait certainement le message.

— Jenna.

Sa voix était ferme. Autoritaire. Elle la traversa comme un courant électrique en direction de ses parties les plus intimes.

— Merde, Jenna, regarde-moi.

Elle obéit, levant le menton en même temps que les yeux, puis elle inspira profondément quand elle le découvrit, appuyé contre le chambranle. Son jean élimé était bas sur ses hanches. Ses muscles tendus sous son vieux t-shirt Jethro. Sa chemise cachait presque tous ses tatouages, mais l'œuvre sur son biceps musclé et son avant-bras était parfaitement visible : deux manches nettes de feuilles entremêlées, de pétales et de vagues qui non seulement attirèrent son attention, mais qui lui rappelèrent aussi la manière dont il l'avait tenue la veille au soir. Sa force quand il l'avait serrée contre lui. Son assurance quand il l'avait embrassée intensément.

Le souvenir la submergea de nouveau, éveillant une chaleur liquide et sauvage qui ravageait tout sur son passage, lui faisant perdre la tête et accentuant sa sensation de manque.

Et merde.

Elle baissa le regard, prit une grande inspiration pour ne pas sombrer, puis elle releva les yeux vers son visage.

— Tu ne devrais pas être là.

Il entra dans le bureau et referma la porte derrière lui. Elle remarqua aussitôt qu'il avait tiré le verrou.

— Il faut qu'on parle.

Elle émit un grognement moqueur en se levant de sa chaise, contournant le bureau où elle était installée.

— Parler ? Tu aurais peut-être dû y penser avant de m'aborder au parking.

— *Abordée ?* rétorqua-t-il avec un sourire en coin. C'est ce que j'ai fait ? J'aurais juré que c'était un sauvetage.

— Je rêve ou tu souris ?

Elle entendit le tranchant dans sa voix, mais elle s'en réjouit. Elle était contente d'être agacée, et même en colère. Pourvu qu'elle étouffe ce besoin cuisant qui s'était mis à battre entre ses cuisses.

— Tu crois que c'est amusant ? demanda-t-elle en faisant un pas vers lui. Est-ce que tu sais ce que tu as fait ? Ce que tu as gâché ? Toi, moi et Brent...

— *Non.*

Ce mot avait surgi comme un coup de fouet, aussi dur que l'acier.

— Nous avons souvent été trois, mais cette fois, Brent n'a rien à voir.

Il s'était approché tout en parlant, et maintenant il était en face d'elle, si proche qu'elle pouvait voir son pouls palpiter dans son cou.

— Pourquoi, qu'y a-t-il cette fois ? lâcha-t-elle.

Il plissa les yeux, et pendant un moment, elle crut qu'il allait ignorer la question. Toutefois, quand le regard de Reece passa sur elle, son inspection rapide lui parut plus possessive que le baiser de la nuit précédente.

— J'imagine que ça dépend de toi.

Ses mots la surprirent. En considérant la nature de son regard passionné, elle s'attendait presque à ce qu'il la prenne par les cheveux et qu'il la traîne comme un homme des cavernes. Elle était troublée qu'une part d'elle-même ait envie qu'il le fasse. En théorie, si ce n'était en pratique.

Perplexe et frustrée, elle secoua la tête en essayant d'y voir plus clair.

— Nous ne pouvons pas...

— Pourquoi ? fit-il en s'avançant, glissant un doigt sous son menton pour la forcer à le regarder. Est-ce que Brent te veut aussi ? Je pensais que c'était seulement dans mon imagination.

— Évidemment.

La voix de Jenna était rauque, chargée. La seule chose qui existait pour elle à ce moment précis, c'était la pression de ses doigts sur sa peau.

— Reece, s'il te plaît. Tu ne peux pas...

— À moins que ce soit Easton ? Est-ce que je suis en compétition avec lui ?

— Je...

Il posa un doigt sur ses lèvres pour la faire taire.

— Si c'est le cas, alors pourquoi n'es-tu pas dans son lit ? Pourquoi es-tu ici, toute seule, à réfléchir à la soirée d'hier plutôt que de finir la nuit avec lui ?

Elle déglutit.

— Qu'est-ce qui te fait dire que je pensais à toi ?

Il ne prit même pas la peine de répondre. Pourquoi le ferait-il ? Il la connaissait suffisamment pour savoir qu'il avait raison.

— Dis-moi, demanda Reece en passant le doigt sur le col du t-shirt blanc qu'elle avait apparié avec une jupe noire. Pourquoi tu n'es pas avec Easton ?

Ses doigts caressèrent le renflement de son sein.

— Pourquoi ce n'est pas lui qui te touche ? Qui cherche à te faire sienne ?

Elle haleta lorsqu'il s'empara du bonnet de son soutien-gorge et le tira vers le bas, libérant sa poitrine de son soutien-gorge, et pire encore, de son t-shirt.

— Reece ! se récria-t-elle, mais il pinça son téton entre ses doigts et son prénom parut étranglé, perdu dans le halètement d'un plaisir décadent.

— Pourquoi ?

Ce simple mot avait autant de puissance que son geste brusque pour l'attirer à lui, les bras autour de sa taille. La pression de son corps contre le sien envoya dans ses veines des décharges électriques d'un désir vibrant.

— Pourquoi ne t'embrasse-t-il pas ? reprit Reece, dont le pouce quitta sa poitrine pour venir caresser sa lèvre inférieure.

Il appuya ses hanches contre les siennes et elle sentit la forme de son érection sur son ventre.

— Pourquoi ne prend-il pas ce qui est à lui ?

— Et toi, pourquoi tu ne le fais pas ?

Elle avait répondu dans un soupir étranglé, consciente qu'elle jouait avec le feu.

— Tu ne m'embrasses pas.

Elle avança les mains pour empoigner les fesses de

Reece, augmentant du même coup la pression de son sexe contre elle.

— Tu ne couches pas avec moi non plus. Tu ne fais rien, sauf jouer.

Elle sentit son gémissement plus qu'elle ne l'entendit. Il vibra à travers elle, puissant mélange de plaisir et de tourment qui culmina en une violente passion lorsque sa bouche se posa brutalement sur la sienne, la réclamant comme il l'avait annoncé.

Comme elle voulait qu'il le fasse.

Le baiser fut ardent et éperdu. Elle lui offrit sa bouche, se perdant dans son goût et les mouvements de sa langue alors qu'il explorait la sienne. Le pincement de ses dents contre ses lèvres. Ce n'était pas un baiser, c'était un substitut au sexe, et chacune des cellules de son corps le savait. Sa peau paraissait chaude, ses tétons aussi durs que de la pierre. La douleur entre ses cuisses était si intense qu'il lui fallut un effort monumental pour se retenir d'écarter les jambes et de se frotter sans honte contre lui afin de relâcher la pression.

Il changea de position et fit un pas en arrière, brisant le contact. Elle gémit pour protester, mais il s'empressa de remettre les mains sur ses hanches et de retrousser lentement sa jupe. Elle retint sa respiration pendant qu'il révélait ses cuisses nues, avec délice et une lenteur insoutenable.

— Reece...

— Chut, ordonna-t-il. Recule un peu.

Elle déglutit, mais elle s'exécuta en silence, se retrouvant prisonnière entre le bureau et l'homme.

— Soulève ta jupe, demanda-t-il alors que le cœur de Jenna battait la chamade dans sa poitrine. Jusqu'à la taille. Je voudrais voir ta culotte.

— Je n'en porte peut-être pas, le taquina-t-elle.

Il ricana, un son guttural à peine audible.

— Ça me va aussi, mais j'espère que tu en portes. En coton blanc. Dans le style bikini. Impeccable et brillant sur ta peau bronzée.

— Nous sommes en avril, dit-elle, la bouche sèche. Je ne suis pas vraiment bronzée. Et qu'est-ce qui te fait penser que c'est ce que je porte ?

— Je ne pense pas, dit-il. J'espère.

Il avait les mains sur les cuisses de Jenna, le pouce positionné pour en caresser l'intérieur si doux. Une caresse de plume qui lui provoqua des décharges électriques, depuis les cuisses jusqu'au bas-ventre.

— Pourquoi ?

Elle murmura le mot, les yeux fermés alors que son sexe brûlait, palpitait avec un violent désir d'être touché. D'être pris.

— On était en troisième, dans la cour de ton immeuble, et Brent avait glissé une bouteille de bourbon de son père dans son sac à dos avant de nous rejoindre. Tu te souviens ?

Elle pencha la tête pour faire appel à ses souvenirs.

— On venait de terminer nos examens avant les vacances de Noël et ma mère travaillait tard. Alors, on voulait faire la fête. Je n'avais jamais bu de bourbon avant.

— Brent t'avait dit que tu allais devoir apprendre à boire comme un homme si tu voulais traîner avec nous.

— Et j'ai dit que je pourrais boire autant de bourbon que vous deux tout en restant une fille. Oh, mon Dieu, j'avais oublié.

— Je ne suis pas surpris. Brent et moi, on faisait le double de ton poids, mais tu as bu autant de verres que nous.

— J'ai dû attendre ma dernière année d'université avant de pouvoir boire du bourbon à nouveau.

— Pas moi, dit Reece. Je crois qu'après ce jour, c'est devenu mon alcool préféré.

Une lente chaleur remonta le long du cou de Jenna.

— J'ai peur de te demander pourquoi.

— Tu n'en as aucune idée ?

Elle ferma les yeux en essayant de revenir en arrière, mais elle dut secouer la tête.

— Je me souviens d'avoir bu et d'avoir dit à ma mère, le matin suivant, que nous avions certainement mangé un truc pas très frais au Tex-Mex du coin de la rue. Rien d'autre.

— À ce moment-là, les appareils photo sur télé-phone n'existaient pas encore, dit-il. J'aurais adoré conserver des images.

— Raconte-moi, dit-elle en riant, repoussant l'épaule de Reece.

— Comme je le disais, tu voulais boire autant que

nous et tu t'es mis en tête que tu devais nous prouver que tu étais une fille. Alors tu as retiré ton jean et ton t-shirt et tu as plongé dans l'eau.

— Je suis allée dans la piscine ? En hiver ? Pourquoi ?

Il secoua la tête, réprimant un éclat de rire.

— Je n'en ai aucune idée, mais heureusement, tu ne t'es pas noyée. Brent et moi, nous étions tellement scotchés que nous sommes restés là, à rire comme des tordus. Ou du moins, nous avons ri jusqu'à ce que tu ressortes.

Tout son corps sembla prendre feu.

— Une culotte blanche et un soutien-gorge assorti. Je ne portais que ce genre de sous-vêtements, au collège.

— Je pouvais voir tes tétons, bien dressés et durs après leur passage dans l'eau froide, et l'ombre noire de tes poils pubiens contre ta culotte mouillée.

— Oh, dit-elle dans un hoquet. Ça t'a fait bander ?

— Oh, que oui. Je me disais que tu étais ma meilleure amie. Que tu faisais seulement l'idiote. Que je ne pouvais pas te désirer.

— Mais c'était le cas, ajouta-t-elle en relevant sa jupe un peu plus haut, sans toutefois révéler sa culotte. Tu me désirais.

Il se mit à genou devant elle, puis pencha la tête en arrière pour la regarder dans les yeux.

— Bien sûr. J'ai chassé ce désir, je l'ai enfoui, ignoré, mais il était toujours présent.

— Coton blanc, confirma-t-elle, le cœur battant si

fort qu'elle avait peur de se briser une côte. Par contre, tu ne verras pas de poils pubiens, pas même mouillés. Je suis épilée.

— Oh, bébé, montre-moi.

C'était un ordre qu'elle ne pouvait pas ignorer et elle releva sa jupe complètement, exposant sa culotte de coton qu'elle ne considérerait plus jamais comme banale, après ça.

— C'est bien, dit-il tout en suivant du bout des doigts l'élastique qui bordait sa cuisse.

La sensation était si délicieusement érotique qu'elle dut tendre les mains pour se cramponner au bord du bureau et empêcher ses genoux de se dérober.

— Tiens, tiens, murmura-t-il en glissant les doigts dans sa culotte. Si, tu *es* mouillée.

— Très, dit-elle. Reece, s'il te plaît.

— S'il me plaît *quoi* ?

— Tu sais.

— Vraiment ?

Les doigts de Reece s'enfoncèrent alors dans ses replis, plongeant en elle avant d'exercer un va-et-vient lent et méthodique.

Elle ferma les yeux et rejeta la tête en arrière. *Oh, mon Dieu.*

— C'est ce que tu veux ?

— Encore, murmura-t-elle. S'il te plaît.

— Dis-moi, dit-il. Je veux t'entendre le dire.

Elle s'humecta les lèvres. Elle voulait le supplier de la prendre. Elle le voulait en elle, à tel point que son entrejambe se contractait à cette idée. Elle savait qu'il la désirait aussi. Toutefois, une peur ridicule et irrationnelle lui intimait de ne pas le prononcer à voix haute. Parce que, dès qu'elle le dirait, tout disparaîtrait et elle resterait frustrée et honteuse. Elle en voulait plus qu'elle ne le méritait.

— S'il te plaît, dit-elle, ne me fais pas attendre.

Il se retira et la tête de Jenna s'inclina vers le bas, de peur qu'il arrête complètement. Elle le vit froncer les sourcils et elle sut qu'il était dérouté. Elle essaya de trouver quelque chose à dire, mais il lui épargna cet effort en portant à la bouche de Jenna le doigt avec lequel il venait de la toucher. Lentement, il caressa sa lèvre inférieure jusqu'à ce qu'elle l'accueille dans sa bouche et le suce. Elle fut enivrée par son propre goût musqué sur la douceur de sa peau.

— Tout va bien, bébé, dit-il enfin. Tu n'as pas à avoir peur. C'est moi. C'est toi et moi.

Lentement, il retira son doigt, puis il mit ses mains autour de sa taille et la hissa pour l'asseoir sur le bureau.

— Écarte les jambes et laisse-moi te le prouver.

Elle fit ce qu'il lui demandait, écartant largement les cuisses, les mains derrière elle pour garder l'équilibre lorsqu'il la tira au bord du bureau. Il se remit à genoux et remonta le long de sa cuisse, l'embrassant jusqu'à atteindre le point central.

Avec une langueur merveilleuse, il traça la ligne de sa culotte du bout de la langue avant de prendre son sexe à pleine bouche. Il suça et mordilla à travers le coton, jouant avec elle si intensément qu'elle s'agrippa à la table et crut laisser des marques dans le bois.

Elle dut faire appel à toute sa force pour essayer de rester immobile, mais son corps se trémoussait de plaisir, ses muscles parcourus de spasmes dans un effort désespéré pour l'attirer encore plus, le suppliant malgré elle :

— S'il te plaît, encore. Reece, j'en veux plus.

— Dis-le. Dis-moi ce que tu veux.

— Je te veux, toi.

C'était la plus simple vérité qu'elle ait jamais formulée. Elle se perdait dans le désir, aux prises avec d'irrésistibles sensations. Il était tout son univers en cet instant, et tout ce qu'elle savait, c'était que sa peau crépitait sous les étincelles de son corps. Elle était plus que prête, à présent, et elle voulait tout de lui. Ses doigts, sa bouche, son sexe.

Une infime partie de son esprit soutenait qu'elle devrait protester, car peu importe ce qui allait se passer ensuite, tout changerait et ils ne seraient plus jamais Reece, Brent et Jenna.

Elle le savait, et pourtant elle s'en moquait. Elle le regretterait peut-être plus tard, mais à ce moment précis, tout ce qu'elle voulait, c'était Reece. Il emplissait sa tête et mettait le feu à son corps. Elle devait l'avoir. Elle *voulait* l'avoir.

— Prends-moi, supplia-t-elle enfin en se cambrant pour s'abandonner complètement.

Elle s'inquiéterait des retombées plus tard.

Pour l'heure, ce qu'elle voulait, c'était Reece.

TREIZE

— Dis-le encore, demanda-t-il, son souffle chaud entre ses jambes.

— Prends-moi.

Ces mots ne la terrifiaient plus. Au contraire, ils semblaient nécessaires.

— Bientôt, promit-il. Quand tu seras prête.

— Tu es fou ? Crois-moi, je suis prête.

Elle suppliait, mais ce n'était pas grave. Elle avait envie de lui, elle avait besoin de lui. Elle deviendrait folle si elle ne le sentait pas profondément ancré en elle.

— Non, dit-il simplement en écartant sa culotte du bout des doigts. Tu n'es pas prête.

Il glissa deux doigts en elle, profondément.

Elle haleta, puis mordit sa lèvre inférieure, si fort que le sang perla.

La langue de Reece donnait de petits coups sur son clitoris, le suçant et l'attisant pendant que ses doigts exerçaient des va-et-vient. Avec son autre main, il trouva son sein, toujours hors de son soutien-gorge. Tout en jouant de la langue, il pinça son téton entre ses doigts. Toutes ses caresses envoyèrent une vague de chaleur sensuelle de sa poitrine vers son clitoris, si aiguë et vibrante qu'elle pouvait à peine le supporter.

Elle se tortilla, essayant de calmer les sensations dévorantes. Ou au contraire. Elle essayait peut-être de les faire grimper davantage. De les emmener plus loin. Difficile de le savoir. Il n'y avait rien d'autre que le plaisir. Rien d'autre que son désir.

Alors qu'il suçait plus fort, jouant avec elle sans merci, elle se plaqua contre sa bouche tout en ondulant les hanches. Sa barbe grattait sa peau sensible, ajoutant une rugosité à la merveilleuse sensation, faisant monter l'électricité jusqu'à la surface. Son plaisir se rassembla, bourdonna, augmenta en puissance jusqu'à ce que tout s'unisse en un cercle parfait.

Un éclat de magie qui planait, brillait au bord de sa conscience avant d'exploser brutalement dans une détonation de sensations si intenses qu'elle en fut bouleversée, propulsée directement vers les étoiles.

Il lui fallut une éternité avant de rassembler tous les morceaux, mais quand elle revint enfin à elle, elle le retrouva qui la contemplait avec un sourire d'autosatisfaction.

— Maintenant, dit-il. Maintenant, je sais que tu es prête.

Reece sentit la force de l'orgasme de Jenna le traverser. Son explosion de passion. La puissance de son abandon absolu. Le cri de plaisir, proche de la douleur, qu'elle avait émis. Tout cela combiné l'avait fait bander à tel point que s'il ne la prenait pas tout de suite, il imploserait.

— Jenna, dit-il.

Son prénom avait un goût de miel dans sa bouche. Bébé, je dois...

— Oh, oui, répondit-elle, la voix tendue. S'il te plaît, Reece. S'il te plaît. Je te veux en moi.

Il ne pensait pas que cela puisse être possible, mais il devint encore plus dur en constatant son désir évident.

— Avance, lui ordonna-t-il en attrapant ses hanches pour l'attirer vers lui avant qu'elle ait le temps d'obéir.

Elle était délicieusement mouillée. Alors qu'il lui tenait les hanches sur le bureau, elle entoura son cou de ses bras.

— Vas-y fort, murmura-t-elle. S'il te plaît, Reece, ne sois pas doux.

Il ne pouvait même pas articuler. Il ne pouvait qu'obéir. Il avait apporté un préservatif et il le mit en place. Ensuite, il avança le bassin pour s'enfoncer en elle. Il l'attira à lui, ses doigts agrippés à ses fesses.

La tête de la jeune femme était nichée tout près de son cou et elle haletait, suppliant et gémissant pendant qu'il la prenait profondément, avec force et vigueur. Elle était serrée, si bien qu'il ne savait pas où il s'arrêtait et où elle commençait. Il baissa les yeux, regardant son sexe disparaître à l'intérieur de ses replis lisses et il gémit avec un plaisir grandissant.

Il s'en fallait de peu. Il pouvait sentir l'explosion arriver. Ses bourses se contractaient, son corps se préparait à la jouissance. Il voulait qu'elle se laisse aller en même temps que lui, mais il ne voulait pas ralentir.

— Touche-toi, lui demanda-t-il. Joue avec ton clitoris. Jouis avec moi.

Elle obéit volontiers, sa main se glissant entre leurs corps, et il la regarda, hypnotisé par ses doigts qui coulissaient, effleurant parfois sa verge lors de ses va-et-vient.

— Oh, Reece, murmura-t-elle. Reece, j'y suis presque.

Elle n'avait pas besoin de le lui dire. Il pouvait le sentir à la manière dont son sexe se refermait comme un étau avec l'orgasme qui approchait.

— Vas-y, bébé. Jouis avec moi. Explose avec moi, chérie. Maintenant.

Au signal, elle se cambra et son corps trembla violemment. Le mouvement soudain le fit basculer aussi. Ils furent anéantis ensemble. Les éclats de leurs âmes dansèrent et se combinèrent, s'assurant de ne plus jamais pouvoir être séparés.

— Tu as un torse parfait.

Jenna poussa un soupir si expressif qu'il sembla

emplir son âme. Ils étaient tous les deux au sol, où ils prenaient le temps de se ressaisir. Elle se retourna et l'enfourcha, le doigt traçant la ligne de ses tatouages avec une pression juste assez prononcée pour conserver l'électricité de leur échange et maintenir son sexe en alerte.

— Seulement, pour être claire, ce torse parfait est ma propriété maintenant !

— Il est tout à toi, lui assura-t-il en passant la main derrière la tête de Jenna, la ramenant vers lui pour un baiser qui scellerait la promesse.

— Alors, je peux en faire ce que je veux, continua-t-elle en laissant glisser son corps le long du sien pour remplacer le doigt par sa langue et dessiner le contour de ses tatouages.

— Mon Dieu, Jenna, il est plus de onze heures. Nous devons nous rhabiller avant que quelqu'un arrive au travail.

— Je peux en profiter et jouer avec, poursuivit-elle en l'ignorant. Rien que moi.

Elle remonta son corps sur le sien jusqu'à ce que sa verge se retrouve contre ses fesses et que sa bouche effleure la sienne. Elle ondula les hanches et il gémit quand son sexe se raidit douloureusement.

— Ça aussi, n'est-ce pas ?

— Bébé, je suis complètement à toi.

Elle le caressa à une main avant de changer à nouveau de position, plaçant l'extrémité de son sexe à l'entrée du sien. Le préservatif était parti à la poubelle depuis longtemps, mais il était allé trop loin pour lui demander de s'arrêter. De plus, il avait passé des tests récemment et il savait qu'il n'avait rien. Il connaissait Jenna assez bien pour avoir la conviction qu'elle n'aurait pas de relations sexuelles non protégées s'il y avait le moindre risque.

— Domination, murmura-t-elle en insérant son sexe entre ses jambes. Contrôle.

Elle s'empala davantage, le prenant plus profondément en elle.

Elle se redressa, les paumes sur son torse, ses dents frôlant sa lèvre inférieure.

— Tu es à moi, déclara-t-elle.

Cette fois, elle accompagna ses mots en l'enfonçant tout entier, le dos arqué.

Il leva la tête et la vit monter et descendre au-dessus de lui. Cette vision faillit le faire jouir soudainement, mais il tenait à s'accorder sur son plaisir, une fois encore, et il tendit la main pour trouver son clitoris.

— Ne t'arrête pas, ordonna-t-il.

Il était terriblement excité par la vue de son corps nu qui le chevauchait et par la sensation de sa vulve humide contre ses doigts, le renflement charnu de son clitoris. Ses seins rebondissaient et elle émettait des gémissements d'excitation, tels de petits glapissements passionnés.

Elle était proche, il pouvait le sentir. Son sexe enserrait le sien, accompagné de mouvements sauvages et rythmés. Il touchait au but, lui aussi. Près d'exploser, presque incapable de se retenir davantage.

— Jouis avec moi, bébé, demanda-t-il en glissant

son doigt humide derrière elle pour l'insérer légère-ment entre ses fesses.

Il fut récompensé par un orgasme surprise presque instantané.

— Waouh ! dit-elle quand elle eut repris sa respira-tion. C'était incroyable. Je n'avais jamais fait ça.

— J'en suis heureux. Je te possède, tu sais. Tout entière.

— Oh, oui, clairement, soupira-t-elle, collant son corps chaud contre le sien avant de se soulever pour le regarder avec de nouvelles intentions. Pour en revenir à ce que je disais avant.

Elle fut interrompue par le rire de Reece.

— Quoi ?

— Eh bien, non que je n'aie pas confiance en toi, mais je ne suis pas certain de la raison pour laquelle tu m'évalues comme ça. J'en ai peut-être une petite idée. J'espère seulement avoir tort.

Elle grimaça avant de rouler sur le côté pour se soutenir sur un coude.

— Je me disais seulement que tu es presque une œuvre d'art, peut-être même plus que ça.

— Hmm.

— Et les objets d'art doivent être exposés.

— Non.

— Reece... fit-elle en un murmure, presque une prière.

— Non, répéta-t-il en se hissant sur un coude. Et d'abord, sauf si tu souhaites te faire prendre la main dans le sac, nous devons nous rhabiller. Tyree arrive tôt ces derniers temps.

— Merde, Reece, ne m'oblige pas à te supplier. Je veux que tu participes au concours pour le calendrier.

Il lui embrassa le bout du nez.

— Non.

— Mais...

— Je veux bien me déshabiller pour toi, mais pas pour les appareils photo et certainement pas pour la clientèle du *Fix*.

— Mais...

Il se leva et remit son jean, puis il baissa les yeux pour contempler son corps nu. Assise par terre, elle semblait bouder.

— Je devrais presque te prendre en photo, dit-il en faisant mine de tendre la main vers son téléphone.

— N'y pense même pas.

Elle saisit la main qu'il lui offrait pour se relever. Son bras passa autour de sa taille et il fut surpris de sentir à quel point c'était agréable de la tenir ainsi. Sans mentionner la joie de l'avoir prise dans le bureau, de savoir qu'il pouvait la prendre quand et comme il le voulait. Jenna. La femme qu'il avait aimée toute sa vie et qu'il désirait depuis des mois.

— À quoi penses-tu ?

— Je me dis que j'ai envie de te pencher sur ce bureau et de te donner la fessée pour te punir de m'avoir demandé de parader sur une scène, et ensuite de te prendre jusqu'à ce que tu jouisses si fort que tu crieras.

— Oh.

Elle déglutit, les yeux grands ouverts.

— Tu m'as demandé à quoi je pensais, répondit-il.

— Oui, en effet, fit-elle en se léchant les lèvres. Explique-moi pourquoi.

Il l'examina un moment en se demandant s'il avait franchi un cap, mais il ne voulait jouer à aucun jeu avec elle. Il savait ce qu'il voulait... c'était Jenna.

— Parce que tu es mienne. Entièrement. Complètement. Tu n'es pas à Easton. Ni à personne d'autre. Je peux te toucher. Je peux te prendre. Est-ce que tu comprends ?

— Oui.

Elle s'humecta les lèvres, les yeux rivés aux siens.

— Je te désire depuis très longtemps et maintenant que je t'ai, je ne veux plus jouer. Je serai ton ami jusqu'à la fin des temps et j'espère que tu le sais. Mais tout ça, Jenna... Je dois savoir si tu pourras supporter ce qu'il y a entre nous, mon envie de te posséder. Parce que, bébé, je ne veux pas me retenir avec toi. Jamais.

— Je vois.

Encore une fois, elle se lécha les lèvres et il dut réajuster son sexe dans son jean. Ensuite, elle fit un pas vers lui. Son corps nu évoluait avec une telle grâce. Il voulait ignorer que le reste des employés arriverait bientôt.

Lorsqu'elle fut à quelques centimètres de lui, elle lui prit la main, écarta les cuisses et fit glisser ses doigts contre sa vulve moite.

— Ce n'est pas trop, dit-elle sans le quitter du

regard, avant de se retourner pour se pencher au-dessus du bureau. Je crois que tu devras même me donner la fessée.

— Oh, putain, Jenna.

Sans dire un mot, elle écarta les jambes, s'offrant totalement à lui.

Merde. Il ne pouvait pas dire qu'il n'en avait pas envie, et si elle le voulait aussi…

Il se plaça debout derrière elle, contemplant ses fesses parfaites, puis il fit claquer sa paume sur la partie charnue avant de lui frotter la peau pour atténuer le picotement de douleur.

— Ça, c'est pour te rappeler que tu m'appartiens.

Il claqua de nouveau. Encore et encore, excité par ses cris étouffés. Il glissa la main entre ses cuisses et la trouva si humide qu'elle ruisselait presque.

Il inséra deux doigts en elle, puis un troisième, avec une telle vigueur que ses seins rebondissaient, frottant contre le bureau.

— Ça te plaît ? Tu aimes te faire baiser au travail ?

— Oui.

Il lui assena une nouvelle claque.

— Mais seulement par moi.

— Oui.

— Tu n'aurais pas dû aller voir Easton hier soir.

Elle ne dit rien et il la gifla de nouveau sur les fesses, puis une fois encore.

— Dis-moi, demanda-t-il. Dis-moi ce que je veux entendre.

— Je suis à toi, murmura-t-elle.

— Est-ce que tu aimes la sensation ?

— Oui, mais j'aime surtout le contact avec ta main.

Il prit un moment pour absorber ses mots, les savourer.

— Tu es à moi, répéta-t-il en la caressant pour faire disparaître la douleur.

Elle le regarda par-dessus son épaule, puis elle hocha lentement la tête.

— Oh, oui, dit-elle d'une voix voilée et pleine de désir, mais je l'ai toujours été, tu sais ?

Il leva un sourcil.

— Vraiment ?

— C'est évident.

Il se pencha pour l'embrasser.

— Nous devrions nous habiller.

Elle acquiesça avant de passer sa jupe par-dessus sa tête.

— Au fait, je ne suis pas sortie avec Easton la nuit dernière.

Il haussa les sourcils.

— Ah bon ?

— Non, dit-elle en finissant de s'habiller. J'ai appelé pour annuler. Ensuite, je suis rentrée à la maison, je suis allée au lit, j'ai glissé mes mains entre mes cuisses et j'ai pensé à toi.

— Mon Dieu, Jenna !

Son sourire était joueur quand elle se retourna pour se diriger vers la porte.

— Je me suis dit que tu voudrais le savoir.

— Tu aurais pu me le dire avant que je te donne la fessée.

Elle fit une pause dans l'encadrement de la porte.

— J'aurais pu, convint-elle avec un clin d'œil, mais je ne l'ai pas fait.

QUATORZE

C'est fantastique de voir à quel point le sexe bouleverse les perspectives de vie, pensa Jenna. Avant, elle se sentait désorganisée et perdue. Maintenant, elle exsudait la confiance en elle et la compétence. Elle était alerte, précise, au mieux de sa forme.

Honnêtement, elle était plutôt contente d'elle-même. Reece et elle étaient tous deux habillés, avec une attitude très professionnelle, quand Tyree était arrivé au *Fix* peu après midi.

À présent, il était midi et quart, et elle était assise à la longue table au fond du bar, transformée en table de conférence temporaire. Elle la partageait avec Brent, Tyree, Easton et Reece. Ce dernier avait pris place en face d'elle – en toute connaissance de cause, car la possibilité que sa cuisse ou sa main puisse l'effleurer pendant la réunion représentait un risque de déconcentration trop élevé.

Après quelques minutes à peine, toutefois, elle

regretta son choix. Chaque fois qu'elle levait les yeux, il était là, à lui renvoyer son regard. Cela ne lui aurait pas posé de problème si ces mêmes yeux n'avaient pas contemplé son corps nu, quelques heures plus tôt. Ses mains ravivaient le souvenir de cette chaleur sensuelle qui s'était diffusée en elle lorsqu'elles s'étaient posées sur son corps. Et sa bouche...

Elle ne pouvait pas regarder sa bouche sans devenir molle et humide entre les jambes. La dernière chose dont elle avait besoin au cours de cette première réunion de partenariat, c'était de se tortiller comme une traînée en s'efforçant de lutter contre des fantasmes générés par l'intense plaisir de la matinée.

Immédiatement, Easton avait pris la direction des opérations, leur exposant une vue d'ensemble de ce qu'ils devaient faire pour officialiser leur partenariat afin de s'assurer que leur nouvelle entreprise fonctionnerait comme prévu et qu'ils œuvreraient tous pour augmenter les profits et rembourser l'hypothèque.

Easton l'avait prise à part avant de commencer et elle s'était à nouveau excusée d'avoir dû annuler leur rendez-vous.

— La soirée s'est résumée à un vrai cafouillage, dit-elle en expliquant l'entretien d'embauche. J'aurais été de très mauvaise compagnie.

Il avait compati, mais il lui avait demandé de convenir d'un autre rendez-vous. Jenna ne s'y attendait pas.

— Oh, eh bien. Hmm.

Elle fronça les sourcils, puis elle inventa un petit

mensonge en disant qu'elle y penserait, mais qu'elle ne se sentait pas à l'aise à l'idée de sortir avec lui en ce moment.

Ce n'était pas entièrement faux, même s'il y avait un gros mensonge par omission. Après tout, ce n'était pas sa faute s'il comprenait « en ce moment » comme « tant qu'il serait leur nouvel avocat », alors que la véritable raison était assise en face d'elle à cette même table.

Reece et Jenna avaient décidé que tant que Brent ne connaîtrait pas la vérité, ils n'en parleraient à personne d'autre.

— Ça ira, lui avait assuré Reece. Tant qu'il sait que nous sommes tous les deux d'accord, il sera content pour nous.

Jenna espérait qu'il avait raison. Brent était comme un frère pour elle et le seul fait de penser que cela pourrait perturber leurs relations la dévorait de l'intérieur.

Quoi ? articula silencieusement Brent pendant qu'Easton décrivait les tenants et les aboutissants de leur partenariat.

Elle se contenta de sourire et secoua la tête, embarrassée, prenant conscience qu'elle le fixait du regard en redoutant le moment inévitable. *Perdue dans mes pensées*, lui répondit-elle sans un bruit. *Jargon juridique.*

Il avait souri et elle s'était félicitée d'avoir réussi à déjouer ses inquiétudes.

Ce n'était pas faux, il y avait beaucoup de jargon

juridique. Pendant leur réunion de deux heures, Easton avait passé en revue tous les petits détails du partenariat et tous les modèles possibles ainsi que les accords qu'il avait ébauchés pour le concours du calendrier. Il distribua des feuilles de papier à chacun d'entre eux, sur lesquelles figuraient des décharges juridiques, des clauses de partenariat, des éléments bancaires, etc.

Il était intarissable, à tel point que Jenna se fit un plaisir de signer tout ce qu'il pouvait lui mettre sous le nez, impatiente de terminer cette réunion de folie.

— Ça se fête, déclara Tyree une fois que l'encre fut sèche. Il va falloir quand même payer l'hypothèque avant la fin de l'année, sinon nous nous retrouverons au point de départ, mais pire. Si ça se passe mal, vous perdrez votre investissement.

Son expression était tendue, reflétant sa peur que tout s'écroule, qu'ils soient contraints de renoncer au bar et que ses amis perdent l'argent qu'ils avaient injecté pour financer la campagne afin d'en accroître les revenus – dont le point d'orgue était le concours pour le calendrier.

Un concours qui relevait en grande partie de la responsabilité de Jenna.

Elle en sentait le poids sur ses épaules quand elle se leva et s'adossa contre la fenêtre, tournée vers eux.

— Ce sera génial, dit-elle en espérant leur inspirer confiance. Je sais que nous avons beaucoup de clients qui souhaitent nous aider. Quand nous leur annoncerons que l'une des raisons pour le concours est de maintenir *Le Fix* à flot, nous aurons encore plus de soutien.

— Je n'en suis pas aussi sûr, dit Tyree. Tu veux sérieusement annoncer que nous avons des soucis d'argent ?

Elle croisa son regard.

— Absolument. Il ne faut pas leur dire que la situation est désastreuse, mais leur énoncer les faits avec sincérité : nous avons un solde à régler à la fin de l'année et si nous n'avons pas l'argent, *Le Fix* disparaîtra. Les gens d'Austin aiment leurs institutions locales. Nous devons leur donner une bonne raison de nous soutenir, voilà tout.

Tyree se rencogna dans son siège, gêné par cette idée, consultant Brent et Reece du regard. Lorsqu'ils acquiescèrent, il redirigea son attention vers Easton.

— Alors, conseiller ? Y vois-tu un inconvénient ?

— Honnêtement, non. Les habitants d'Austin seraient ravis d'aider un établissement tel que *Le Fix* à rester ouvert. De la bonne cuisine, des cocktails fabuleux, un excellent service et une programmation musicale qui inclut beaucoup de talents régionaux. Diffusez le message et ils viendront. Sinon...

Il s'interrompit en haussant les épaules.

— Dans tous les cas, vous serez fixés, non ?

Tyree ne répondit pas immédiatement, mais il hocha lentement la tête. Enfin, il leva les yeux vers Jenna.

— D'accord, mais nous nous contentons d'exposer les faits en évitant les histoires larmoyantes.

— Exactement, confirma-t-elle. Gardez en tête que le concours pour le calendrier est seulement une branche de l'ensemble. Nous avons de nouvelles idées marketing, d'autres manières de faire de l'argent, une longue liste de bons procédés. En fait, nous allons commencer samedi à l'Anniversaire de Bourriquet, ajouta-t-elle en faisant référence à l'événement annuel d'Austin, où *Le Fix* aurait un stand de bière et d'en-cas. Je vais préparer des dépliants pour informer les gens que nous développons notre carte et faire un peu de publicité pour le concours. Alors, attendez-vous à recevoir des inscriptions dès la semaine prochaine.

Elle se plaça derrière Tyree et posa une main sur son épaule.

— En d'autres termes, nous allons réussir, dit-elle en rencontrant le regard de Reece. Il faut avoir confiance.

— Nous serons quatre à nous impliquer à fond, ajouta ce dernier. L'échec est impossible.

— Ted Henry aura peut-être un mot à dire, observa Tyree en faisant référence à l'homme qui lui avait accordé le prêt initial.

Cet homme, comme Easton l'avait appris, s'avérait être l'un des investisseurs principaux des établissements *Déliss* et autres bars et restaurants affiliés.

— Ted Henry est un salaud à deux visages. Il aura ce qu'il mérite, déclara Brent. Je dis toujours à Faith que les méchants finissent par être punis. Je ne vais pas laisser un connard faire de moi un menteur.

— Buvons à cela, proposa Tyree. Reece, tu veux nous faire l'honneur ?

— Plutôt deux fois qu'une !

Il se rendit derrière le bar et revint avec cinq pintes sur un plateau. Ils levèrent leurs verres et Tyree les regarda tour à tour.

— Aux meilleurs amis que l'on puisse avoir.

— Je te renvoie le compliment, dit Brent en regardant sa montre. Puisque nous ouvrons dans une heure, il est temps de nous mettre au travail. Comme ça, nous pourrons tenir notre promesse et empocher un beau pactole au cours des sept prochains mois.

— Marché conclu, dit Jenna juste avant qu'Aly ne passe la tête par la porte pour attirer son attention.

— Désolée de vous interrompre, mais il y a une femme qui demande à parler à Jen. Elle s'appelle Maia.

— J'arrive, s'exclama Jenna avant de jeter un coup d'œil à Tyree. Tu vois ? Je t'avais dit que nos clients réguliers voudraient nous aider.

— Cette fille est adorable, dit Tyree. Elle vient depuis son premier cycle à l'université.

— Nous nous sommes rencontrées à la fac, lui expliqua Jenna quelques minutes plus tard, alors qu'ils sortaient tous les deux de la salle pour aller à la rencontre de la pétulante femme noire qui les rejoignit, les perles au bout de ses petites tresses étincelant dans la lumière tamisée du bar.

— J'adorerais travailler officiellement avec Jen sur ce projet, annonça Maia à Tyree après lui avoir fait une chaleureuse accolade. Mais nous organisons une opération pour la société qui possède le *Déliss*. Il y a conflit d'intérêts, pourtant j'ai des contacts à partager avec Jen. Et puis, j'ai quelques idées pour faire venir des talents et je n'ai aucune interdiction d'échanger de bons tuyaux avec une amie.

— Évite les ennuis, dit-il.

Maia posa la main sur sa poitrine et battit des paupières.

— Moi ? Évidemment. Maintenant, file. Va travailler et laisse-nous discuter.

Il ricana, mais il fit ce qu'elle lui demandait.

— Tu es sûre que c'est bon ? demanda Jenna une fois qu'il fut hors de portée de voix.

— Chérie, je ne ferais rien qui puisse nuire à mes affaires. D'autant que je viens à peine de devenir associée. Mais aider une amie ? Aider à soutenir mon bar préféré ? Cet endroit m'a aidée à devenir associée, figure-toi. Si mon ancienne patronne n'était pas aussi occupée avec ses tournées, elle se produirait toujours sur des petites scènes locales et je serais seulement une employée, mais Tyree a lancé sa carrière grâce à ses concerts au *Fix*. Aujourd'hui, c'est indirectement grâce à lui que j'ai trouvé ma place dans le monde du marketing.

— C'est de bonne guerre, dit Jenna en riant.

Maia marquait un point. Son associée était la sœur de Cam, Kiki King, chanteuse et auteure-compositrice dans le groupe Pink Chameleon, qui avait gagné un Grammy.

— En parlant de ça, les Pink Chameleon sont en

tournée, mais je *pense* qu'ils pourront venir jouer au mois d'octobre pour la conclusion du concours.

— Ce serait génial.

Avec les garçons, elle avait convenu que les douze événements auraient lieu un mercredi sur deux et que la compétition pour Mister Janvier se tiendrait le troisième mercredi de mai. Dans deux semaines et demie, à peine.

— En fait, je voulais te parler du programme, dit-elle à Maia. Je me suis dit que nous devions générer de l'engouement pour chacun des douze concours. Je ne veux pas que l'intérêt s'essouffle, alors nous devrons être créatifs sur la durée.

— C'est ce que je recommanderais, dit Maia en remontant ses lunettes violettes sur son nez. Il faut commencer par un grand coup, bien sûr, mais en même temps, il faut faire grandir l'enthousiasme. S'il retombe comme un soufflé, ce sera un coup fatal.

— Sans pression !

Elles éclatèrent de rire. Aly arriva sur ces entrefaites pour prendre leur commande, et pendant le déjeuner, la conversation dériva vers les choses sérieuses : comment créer cette ferveur magique, quels imprimeurs en ville étaient fiables, quelles émissions de télé matinales cherchaient toujours du contenu et quelles célébrités locales on pourrait persuader de participer – quand bien même elles ne défileraient pas, elles pouvaient au moins promouvoir le concours ou *Le Fix*.

Lorsque Maia annonça qu'elle devait partir, Jenna

se sentait déjà ridiculement optimiste. Elle avait peut-être la main mise sur la situation. Il se pourrait bien qu'une issue heureuse soit en vue.

Elle resta à sa table environ deux heures supplémentaires, son ordinateur portable devant elle, envoyant e-mails sur e-mail, remplissant la liste des choses à faire. Elle était presque étonnée que son ordinateur en surchauffe ne la laisse pas en rade.

— Tu as l'air très productive.

Elle se retourna sur sa chaise en souriant quand Reece posa la main sur son épaule.

— Oui, j'assure ! J'ai tâté le terrain dans presque toute la ville. Quand j'aurai terminé, des célébrités locales participeront au concours, nous aurons des stars dans le jury et tout le monde se bousculera pour obtenir les billets convoités pour nos mercredis concours.

— Des billets ?

— Il va bien falloir contrôler les entrées. Je me suis dit que nous pouvions en distribuer quelques-uns, à la radio par exemple, et demander un supplément pour le reste. Ça aura plus de panache avec un prix.

Il se pencha pour déposer un baiser sur sa tête.

— J'aime ta façon de penser.

— Reece !

Elle recula sa chaise pour s'éloigner et se leva d'un bond, parcourant la salle des yeux à la recherche de Brent ou de quiconque aurait pu apercevoir le baiser.

— Il est dans le bureau avec Tyree, lui dit Reece en lisant ses pensées.

— Mais Aly, Éric et Tiffany sont là.

Jenna se dirigea vers le fond du bar et la porte qui ouvrait sur la ruelle.

— Nous devons être prudents.

Mais dès que la porte de service se fut refermée derrière eux, elle se jeta dans ses bras, soupirant contre son torse alors qu'il l'enlaçait, une main sur ses fesses et l'autre lui frottant le dos.

— Viens chez moi ce soir.

— Bientôt, promit-elle, l'estomac noué par la nervosité.

Il lui leva le menton.

— Il nous aime tous les deux, Jen. S'il est en colère, ce sera contre moi, mais au bout du compte, il acceptera.

— Peut-être.

Elle avait envie de le croire, mais elle ne pouvait pas s'empêcher de trembler de peur. Reece et Brent étaient sa famille. La seule qui soit proche d'elle depuis que sa mère avait déménagé.

Même si elle avait une confiance totale en Brent, et qu'elle l'aimait comme un frère, Jenna ne savait que trop bien que parfois, même votre famille pouvait vous laisser tomber, et que les personnes qui affirmaient vous aimer en étaient tout aussi capables que les autres.

QUINZE

L'Anniversaire de Bourriquet avait lieu au Pease Park, au centre d'Austin, le dernier samedi d'avril. Cette tradition remontait à loin, avant la naissance de Jenna. Elle y avait participé assidûment toute sa vie, à deux exceptions. L'an dernier, quand elle était à Los Angeles pour ses entretiens d'embauche, et en classe de seconde, clouée au lit après une appendicectomie d'urgence.

Fondé en l'honneur du personnage déprimant de Winnie l'Ourson écrit par A. A. Milne, la fête qui était à l'origine un petit rassemblement d'étudiants était devenue un événement si gigantesque que toute la ville semblait s'y donner rendez-vous. Il y avait toujours un âne drapé de fleurs : l'âne d'honneur.

Toutes les recettes de l'événement étaient reversées à diverses œuvres caritatives et des dizaines de commerçants locaux proposaient des jeux, des travaux manuels, des repas et des boissons. Même en ce nouveau millénaire, les réjouissances conservaient un côté hippie. La fête était plus adaptée aux enfants en pleine journée. Petits et grands faisaient la queue aux stands de maquillage, devant les jeux de bulles de savon géantes, cerfs-volants, tatouages au henné et autres costumes.

— Le voilà ! s'écria Faith en tirant brusquement pour libérer sa main de celle de Jenna.

Elle s'élança à travers le parc en direction de l'enclos où se trouvait le Bourriquet de l'année, à la mine déprimée comme de coutume.

Jenna serra la main de Reece.

— Vers quelle heure devons-nous prendre la relève de Brent ?

Il jeta un œil à sa montre.

— Bientôt, mais il sait que nous sommes occupés.

Il désigna la fillette qui était entrée dans l'enclos et qui caressait doucement le museau de l'âne.

— Ça ne le dérangera pas si nous sommes un peu en retard.

Brent tenait le stand que *Le Fix* sponsorisait en vendant des bières, du vin et une petite sélection de son menu. Cette année, les bénéfices allaient au Zoo d'Austin, un petit zoo local dévoué au sauvetage et à la réhabilitation des animaux. Jenna avait confié à toute l'équipe une liasse de dépliants annonçant le concours et invitant les aspirants mannequins à se porter candidats pour le calendrier de l'homme du mois, avec tous les détails pour s'inscrire et les dates du concours.

— On pourrait peut-être arriver très en retard,

avança Jenna tandis que Reece et elle attendaient Faith à la sortie de l'enclos.

Elle se blottit dans ses bras et leva la tête pour l'embrasser. En compagnie de la fillette, elle s'était fait maquiller le visage moins d'une heure auparavant, et des paillettes roses se déposèrent sur le nez de Reece. Elle les retira en frottant avec son pouce.

— On pourrait mettre Elijah à contribution pour surveiller Faith et on s'esquiverait sous les arbres.

Il n'y avait pas beaucoup d'arbres à proximité, mais Jenna était assez motivée pour marcher un moment si cela signifiait qu'elle pouvait avoir un peu d'intimité avec Reece.

— C'est tentant, dit-il, mais je te propose de t'embrasser à nouveau maintenant et de remettre à plus tard le reste.

— Cette idée me convient.

Elle se dressa sur la pointe des pieds, passa les bras autour de son cou et s'abandonna à un baiser lent, profond et exigeant qui la poussa à imaginer de longues nuits où cette langue ferait des choses encore plus merveilleuses à son corps.

— Alors, dit-elle lorsqu'ils se séparèrent. C'est déjà plus tard ?

Il retroussa la commissure de ses lèvres.

— L'attente, bébé. C'est le meilleur des aphrodisiaques.

— Jenna ! Reece ! Vous avez vu ? J'ai caressé Bourriquet !

Faith franchit en trombe la barrière et accourut dans leur direction.

— J'ai vu ! dit Jenna. Est-ce que son museau était doux ?

— Oui, acquiesça Faith dont le regard alternait entre les deux adultes, son petit visage froncé par la concentration. Est-ce que je pourrai semer des pétales ?

— Quoi ? demanda Reece.

— Semer des pétales.

— Comme ça ? demanda Jenna en désignant son visage où une fleur colorée était dessinée près de son œil.

— Non, répondit Faith en levant les yeux au ciel. Je veux dire, être une demoiselle d'honneur. Comme Missy quand sa grande sœur s'est mariée le mois dernier. Elle a semé des pétales dans l'église. Je pourrai le faire moi aussi quand vous vous marierez, s'il vous plaît ?

— Oh, fit Jenna.

Elle jeta un œil à Reece et son estomac se noua lorsqu'elle découvrit son visage fermé. Elle savait pourquoi, bien sûr, et elle se demandait s'il en viendrait à changer d'idée sur le mariage et ce qu'elle ferait si ce n'était pas le cas. Toutefois, elle s'empressa de chasser l'idée de sa tête. Ils formaient un couple depuis peu et son meilleur ami n'était même pas au courant. Le mariage était bien la dernière chose à laquelle elle devrait penser.

— S'il te plaît... dit Faith dans un cri du cœur.

— J'ai une idée, commença Jenna tout en adressant

un sourire en coin à Reece. Dès que nous aurons besoin d'une demoiselle d'honneur, nous penserons tout de suite à toi. D'accord ?

Le sourire de la fillette s'agrandit. Avant que la petite ne puisse demander des précisions, Jenna attrapa sa main et dit :

— Et si on allait se faire tatouer une fleur au henné ?

— On peut ? demanda Faith en ouvrant de grands yeux ronds.

— Bien sûr. Tu ne crois pas que papa trouverait ça joli ?

La petite fille hocha la tête, puis leva les yeux vers Reece.

— Tu viens avec nous ?

— C'est plutôt un moment entre filles.

Elle hocha la tête, faisant danser ses boucles noires autour de sa tête.

— J'aime les moments entre filles, dit-elle. Un jour, je vais avoir une maman et on en fera tout le temps, toutes les deux.

Les larmes montèrent aux yeux de Jenna et elle cligna furieusement des paupières pour les empêcher de couler.

— Est-ce que ton père t'a dit ça ?

— Oh non, c'est Madame Westerfield, dit Faith en faisant référence à sa baby-sitter. Elle dit que papa ne sait pas ce qui est bon pour lui et qu'un jour il va trouver une gentille dame.

Jenna croisa le regard de Reece et constata qu'il se

sentait aussi impuissant qu'elle, mais il posa un genou à terre et serra la fillette contre lui.

— Tu sais quoi ? En attendant ce jour, toi et Tata Jenna, vous pourrez passer autant de moments entre filles que tu veux, d'accord ?

— D'accord, dit-elle gaiement avant de sucer son pouce, tendant sa main libre à Jenna.

— Qu'est-ce que tu vas faire ? demanda la jeune femme lorsque Reece l'étreignit, posant son front contre le sien.

— Je vais aller prendre la relève de Brent. Ce n'est pas la même chose, mais je pense qu'un peu de temps père-fille ne serait pas de trop.

— Non, approuva-t-elle. Tu as raison.

— Tata Jenna ! Viens !

La petite main tirait fort sur ses doigts.

— Quelqu'un est impatient, on dirait. On te retrouve plus tard.

Plus tard se changea en une heure. La file d'attente pour le tatouage au henné était longue et il y avait un enclos avec des paons juste à côté.

— Allez, ma puce, dit Jenna. Il est temps d'aller retrouver Reece.

— Bonne chance, lui lança une voix familière.

Quand elle regarda par-dessus son épaule, elle vit Brent appuyé contre un poteau non loin de là.

— Oh, tu es là. C'est bien. Reece couvre le stand du *Fix* ?

— C'est Tiffany qui s'en occupe. C'est pour ça que

je suis venu vous retrouver. Et pour surveiller mon ornithologue en herbe, aussi.

Il avait prononcé la fin de sa phrase en pointant du doigt la petite Faith, qui rampait vers un paon occupé à lisser ses plumes.

— Nous nous sommes bien amusées, dit Jenna. Mais que se passe-t-il avec Reece ?

— Il a dû partir. Son père a appelé. Edie a glissé et elle est aux urgences.

— Oh, non.

— Il m'a dit qu'il avait essayé de t'appeler, mais ton téléphone le redirigeait tout de suite vers la messagerie. Tu ne dois plus avoir de batterie.

Elle sortit son téléphone du petit sac qu'elle portait à l'épaule et constata qu'il avait raison.

— Tu veux le rejoindre ? Je sais que tu as dit à Faith que tu passerais l'après-midi à jouer avec elle, mais je peux arrondir les angles.

— Non, merci, ça va. Je prendrai des nouvelles ce soir et j'irai la voir demain.

Elle hésita, puis elle pencha la tête sur le côté. Il y avait quelque chose qui clochait, mais elle ne savait pas quoi.

— Je ne suis pas aveugle, déclara enfin Brent.

Son intonation lui mit la puce à l'oreille.

— De quoi tu parles ?

— Tu sais très bien de quoi je parle. Pourquoi vous ne me l'avez pas dit ?

Elle croisa les bras autour de son buste.

— Parce que je suis une idiote.

— Toi ?

— Reece pensait qu'on devait te le dire tout de suite, mais je...

— Quoi ?

— Ne me taquine pas, Brent. Tu me connais trop bien. J'avais peur, d'accord ? Je t'aime aussi. Et ça, avec Reece... Enfin, ça change tout.

— Tu as raison.

Elle écarquilla les yeux, sous le choc.

— Ça change tout, reprit-il.

Le cœur de Jenna battait la chamade.

— Qu'est-ce que tu....

— Tu as raison de dire que tu es une idiote.

Elle fronça les sourcils, hébétée, sentant une pointe d'appréhension éclore en elle.

— Vraiment ?

— Crois-tu que nous n'avons jamais survécu au changement ? Tous les trois, je veux dire.

Avant qu'elle puisse répondre, il se tourna et désigna la petite fille.

— Faith était un sacré changement. Est-ce que j'ai perdu l'un d'entre vous à ce moment-là ?

— Non, dit Jenna dont la réponse n'était pas plus forte qu'un murmure. C'est seulement que ...

Il l'attira brusquement à lui, les mains sur ses épaules, et il la regarda droit dans les yeux avec la même intensité que lorsqu'il s'adressait à Faith. *Ce n'est qu'un cauchemar, ma chérie. Ce n'est pas réel.*

— Je sais, lui dit-il. Je sais que ça t'effraie. Je

comprends même pourquoi, mais sache que tu ne me perdras pas.

— Je ne te perdrai pas *toi*, dit-elle en retournant les mots dans sa tête, pensant à leurs implications. Tu crois que je pourrais le perdre, lui ?

Il ne le nia pas.

— Sois prudente avant de trop t'engager émotionnellement, c'est tout.

Son cœur s'arrêta, mais elle comprenait ce qu'il voulait dire. Le contraire aurait été impensable. Elle connaissait Reece aussi bien que Brent, et même mieux si l'on prenait en compte ces derniers jours. Elle avait bien remarqué comment son visage s'était fermé quand Faith avait évoqué l'idée d'être demoiselle d'honneur à leur mariage.

— Je le suis lancée en connaissance de cause, dit-elle à Brent. Nous venons à peine de passer du statut d'amis à celui d'amants.

— Je te conseille simplement d'être prudente et d'être certaine de ce que tu veux et de ce que tu souhaites construire.

Elle parvint à ébaucher un petit sourire.

— Ne t'inquiète pas. Je patauge déjà, et si tu veux tout savoir, je suis une excellente nageuse.

SEIZE

Il était six heures du matin quand Jenna se permit d'entrer dans l'appartement de Reece. Elle avait considéré la possibilité d'y pénétrer durant la nuit, mais elle ne savait pas s'il serait toujours à l'hôpital avec Edie et son père. De plus, elle avait encore besoin de quelques heures pour mettre de l'ordre dans ses pensées.

Maintenant que tout était clair, elle en avait terminé avec l'attente.

Elle n'avait pas pris la peine de frapper ni d'appeler une fois à l'intérieur. L'appartement du garage était modeste, avec une chambre en mezzanine dans un coin de la pièce à vivre, une cuisine dans un angle baigné de soleil et une salle de bain de bonnes dimensions de l'autre côté de l'espace.

C'était là que se trouvait Reece. Il avait laissé la porte entrouverte et la vapeur de sa douche s'échappait dans l'appartement. Un tourbillon de brume qui semblait vouloir l'attirer. Elle pouvait le sentir. Son savon, du moins. Une odeur propre et masculine. Lorsqu'elle poussa la porte et s'avança sur le seuil, elle distingua la forme de son corps dans la cabine embuée.

Pendant un moment, elle se contenta de le regarder, succombant à la vague de désir qui la traversait, s'installait entre ses cuisses et la rendait humide. Elle s'approcha de la cabine et ouvrit la porte.

— Je me demandais si tu allais me rejoindre, lui dit-il, le dos tourné, avant de pivoter vers elle. J'espérais que tu le ferais.

À en juger par la force de son érection, il était sincère.

— Tu savais que j'étais là ?

C'était un commentaire stupide, puisque de toute évidence, il avait perçu sa présence. Elle jeta un œil vers le bas et déglutit en regardant son sexe rigide.

Un sourire se forma au coin des lèvres de Reece, mais ses yeux ne perdirent pas leur chaleur.

— Viens. L'eau est bonne.

— Il faut qu'on parle.

Elle crut déceler une inquiétude fugace dans ses yeux, mais ensuite, il ferma le robinet. Il y avait une serviette blanche accrochée à côté d'elle et il tendit le bras pour l'atteindre. Immobile, elle pouvait sentir la chaleur émaner de son corps.

Il s'essuya avant d'envelopper la serviette autour de sa taille et de passer devant elle. Il se rendit dans le salon et s'assit sur le rebord du canapé. La maison était bâtie au sommet d'une colline et l'appartement du garage était le point le plus haut de la propriété. Le salon avait une grande fenêtre panoramique à l'est et le canapé se trouvait au centre de la pièce, orienté vers le soleil levant. Elle se tenait debout, dos à la fenêtre. La plus belle chose dans son champ de vision, c'était Reece.

— Je t'écoute, lui dit-il.

Sa voix était inhabituellement tendue et elle prit conscience avec stupeur qu'il redoutait qu'elle lui annonce que tout cela n'était qu'une erreur.

Elle éprouva un pincement de culpabilité. Ce n'était pas son but. Toutefois, elle se garda de dissiper le malentendu. Au contraire, elle l'accueillit avec soulagement. S'il avait peur de la perdre autant qu'elle avait peur de le perdre, voilà qui donnait un fondement concret aux paroles qui allaient suivre.

— Brent est au courant, dit-elle.

Cette annonce était seulement un préambule, mais au vu de son expression, il pensait que c'était le sujet principal.

— Je sais, dit-il. Il m'a appelé hier soir.

— Vraiment ?

— Il m'a dit que c'était entre toi et moi, qu'il trouvait que nous allions bien ensemble et que si je te faisais du mal, il m'arracherait les couilles et les donnerait à manger à Gregor, conclut-il en faisant référence au berger allemand de Madame W.

— Oh, dit-elle en souriant, emportée par un élan de

reconnaissance maintenant que Brent leur avait donné sa bénédiction à tous les deux. C'est super, mais je ne suis pas venue pour te dire ça.

— Non ? Pourquoi es-tu venue, alors ?

— Pour te dire que tu es un enfoiré.

Pendant un instant, il se contenta de la fixer du regard. Puis il acquiesça, son envie de rire trahie par les spasmes convulsifs de sa bouche.

— Tu n'es pas la première à le dire.

— Je le pense. J'ai bien vu ta tête hier. Quand on parlait de demoiselles d'honneur. On aurait dit que tu voulais piquer un sprint à travers le parc pour aller te cacher.

— Vraiment ?

Elle leva une épaule.

— Ce n'était peut-être pas aussi évident que ça, mais je sais que tu me surveillais. Comme si j'étais une bombe à retardement prête à lancer du riz, à préparer des arrangements floraux et à faire imprimer des faire-part en relief.

Il s'adossa dans le canapé, ses jambes entrouvertes lui offrant une vue alléchante de l'ombre sous la serviette. Elle s'éclaircit la gorge et se força à le regarder dans les yeux – nulle part ailleurs.

— Je ne me fais aucune illusion, dit-elle. Des espoirs, peut-être, mais je sais que le mariage n'est pas dans tes objectifs. Je sais quel genre d'homme tu es, Reece, je connais ta vision du monde. Probablement mieux que n'importe qui d'autre. Mais surtout, je sais que tu m'adores. Bon sang, je sais même que tu m'aimes.

— Jenna...

Il se pencha en avant. De toute évidence, il était sur le point de se lever et d'aller vers elle, mais elle leva la main pour l'arrêter.

— Non, laisse-moi terminer. Figure-toi que je ne veux pas que tu me décroches la lune. Je ne suis pas une idiote. Je sais que nous commençons à peine ce voyage. Tout ce que je veux, c'est regarder vers l'avenir et t'avoir à mes côtés.

— Bébé, je n'ai jamais été nulle part ailleurs.

— Je te crois. Mais j'ai besoin de savoir que ça ne changera pas.

— Viens ici, dit-il en lui faisant signe.

Elle s'approcha de lui et il la retourna, posant ses mains sur ses hanches pour l'orienter vers la fenêtre.

— Tu vois ça ? L'aube qui perce à travers les arbres ? Les couleurs vives ? La promesse d'un jour nouveau ?

Elle acquiesça sans dire un mot.

— C'est ce que je ressens pour toi. Cette connexion entre la lumière et le monde, c'est magique. C'est nous, bébé.

Il était toujours assis. Enfin, il la retourna vers lui, souleva son t-shirt et déposa un baiser sur son ventre.

— Je t'aime et j'ai besoin de toi. Tu peux garder ça dans ton cœur, c'est mon vœu pour l'avenir.

Je t'aime. Il n'avait jamais dit ces mots auparavant et son timbre de voix, sans fanfares, comme s'il lui avait déjà fait cet aveu des dizaines de fois, lui gonfla le cœur, renforçant la force de leurs sentiments. Elle était touchée que leur passé commun joue un rôle dans leur avenir à deux.

— Je t'aime aussi, dit-elle. Pour le moment, c'est tout ce dont j'ai besoin.

Elle vit une ombre vaciller dans ses yeux. Aussitôt, elle souhaita pouvoir reprendre ses paroles. Elle avait cru que c'était ce qu'il voulait dire en lui demandant de garder dans son cœur ce qu'ils partageaient et en évoquant ses vœux pour leur avenir, que c'était sa manière de lui dire qu'il n'avait pas fait une croix définitive sur le mariage, quand bien même c'était une notion qui lui était étrangère et qui lui faisait peur.

En voyant cette lueur, elle craignit d'avoir eu tort. Pire encore, après avoir fait trois pas en avant avec lui, elle redoutait de les avoir fait régresser de deux pas en arrière.

Elle espérait qu'il changerait d'avis, mais elle comprenait réellement à quel point sa phobie du mariage était ancrée en lui, à juste titre. Elle pouvait s'adapter, pour le moment, du moins. Parce que certainement, quand leur relation se développerait, sa peur se dissiperait et il en voudrait plus.

N'est-ce pas ?

Elle s'approcha de lui et quitta ses chaussures en toile. Elle les jeta au loin, puis elle déboutonna son jean tout en regardant son visage pendant qu'elle se déhanchait, se délestant du même coup de sa culotte.

— Jenna...

Elle pressa un doigt sur ses lèvres, puis elle se pencha pour défaire la serviette autour de ses hanches. Elle l'étala, ouverte sur le canapé, l'exposant tout entier, y compris son sexe qui semblait en accord avec la suite du programme en dépit de l'interrogation dans sa voix.

Lentement, elle le chevaucha, posant les mains sur ses épaules et ondulant du bassin pour se laisser taquiner par son gland. Il comprit le jeu et ne dit pas un mot, mais son grognement sourd quand elle s'abaissa pour le prendre en elle signifiait tout un monde de promesses, l'espoir d'une passion partagée.

— Je veux tout sentir, murmura-t-elle alors qu'ils bougeaient à l'unisson. Cette connexion, la lumière et la terre.

Il ne la déçut pas. Ils commencèrent lentement, mais il posa rapidement ses mains sur ses hanches et leur rythme s'accéléra, sauvage et frénétique, telles des particules chargées qui entraient en collision. Leur friction se fit plus torride et plus éperdue, jusqu'à la conclusion inévitable, quand son corps se disloqua en une explosion d'étoiles.

— Je t'aime, dit-il à nouveau alors qu'elle s'accrochait à lui.

Sa voix était basse, mais son timbre profond vibrait à travers elle et elle soupira, comblée. Elle était heureuse. En sécurité. Elle se sentait aimée.

Elle n'avait aucune raison de croire que Reece la laisserait tomber.

— Alors, vous sortez ensemble tous les deux, maintenant, dit Edie, rayonnante malgré son pied dans une botte médicale destinée à guérir ce qui n'était en fin de compte qu'une mauvaise entorse.

Jenna jeta un œil à Reece en se demandant s'il allait rester vague à propos du changement dans leur relation. Il arborait un large sourire et il glissa son bras autour de sa taille.

— Oui. C'est Brent qui te l'a dit ?

Il changea de position pour se tourner vers son père, qui leva la main en signe de reddition.

— Ne sois pas stupide, dit Edie. Ça se voit et je pense qu'il était temps.

— Je suis tout à fait d'accord, répondit-il en tirant une chaise pour Jenna.

Edie était déjà assise à la table du petit déjeuner. Elle tendit la main pour serrer celle de Jenna.

— Bienvenue dans la famille.

Le cœur de Jenna se serra davantage. Edie et Charlie n'étaient pas mariés non plus, et après trois mariages, elle doutait sincèrement que le père de Reece lui fasse sa demande. Pas sûr non plus qu'Edie accepterait.

— Veux-tu que je t'apporte un café, Edie ? demanda Reece en déposant une tasse devant Jenna qui sourit, surprise, en le remerciant.

— Je m'en charge, intervint Charlie. Un sucre et une bonne dose de lait.

Il la servit tout en lui posant un baiser sur la joue.

— Ton omelette sera prête dès que les tartines sauteront du grille-pain. Tiens, les voilà.

Charlie se retourna et rejoignit le plan de travail, où deux tranches de pain complet jaillissaient du grille-pain en inox.

Edie lui adressa un regard chaleureux.

— Il m'a chouchoutée toute la matinée. Toute la nuit dernière, aussi.

— Tu le mérites, dit Charlie.

Il regarda Jenna et elle perçut une certaine mélancolie dans son regard.

— J'ai cru que je l'avais perdue.

— Quelle blague, lança Edie. Finalement, nous avons atterri dans la salle d'attente pour apprendre que j'avais une entorse toute bête. Je n'irai nulle part. Pas avant de savoir de quoi ils auront l'air, ajouta-t-elle en désignant les placards de cuisine que Reece rénovait.

Il éclata de rire.

— Dans ce cas, j'irai aussi lentement que possible.

— Bien sûr, je pourrais dire la même chose.

Tout le monde la regarda d'un air confus.

— Vous savez, quand on parle de perdre quelqu'un.

Elle montra Charlie du doigt pour clarifier les choses.

— Chaque jour, quand tu vas dehors pour fumer l'une de ces horribles cigarettes, tu fais un pas de plus loin de moi. N'essaie même pas d'argumenter contre ça.

— Bonne chance, Edie, lança Reece. J'essaie de le

faire arrêter depuis que je suis enfant. Comme presque toutes les personnes qu'il a connues au Texas. Peine perdue.

— Un homme peut bien avoir quelques vices, rétorqua Charlie. Laissez tomber, tous les deux.

Edie rencontra le regard de Reece, mais elle secoua la tête sans en dire plus.

— Qu'avez-vous prévu ce matin, les enfants ? demanda Charlie en faisant glisser le petit-déjeuner devant sa compagne, espérant changer de sujet.

— Je ne travaille pas au *Fix* aujourd'hui, dit Reece en prenant la main de Jenna. Alors, je pensais emmener Jenna au Jardin botanique. Une longue marche et ensuite un café. Un peu de romance le matin et qui sait ce qui se passera dans l'après-midi ?

— Ça me semble génial, dit-elle, mais malheureusement impossible. J'ai promis à Brent que je ferais du baby-sitting toute la journée. Je m'étais dit que je pourrais trouver du temps pour travailler sur tous mes projets pour *Le Fix* et envoyer des CV à droite et à gauche.

Son visage était soucieux. Elle détestait chercher du travail surtout quand les occasions se faisaient rares.

— J'en ai parlé avec Brent et Tyree au parc, dit Reece. Nous ne pouvons pas te payer beaucoup, mais ce serait insensé que tu fasses du bénévolat alors que nous sommes tous les trois salariés. Nous sommes tous associés, après tout.

— Reece, non. Nous avons besoin de l'argent pour financer...

— Il faut bien que tu manges. Nous avons besoin d'une entreprise viable, pas de celles où les postes clés sont occupés par des bénévoles. Accepte le poste, Jenna. Sinon, nous devrons embaucher quelqu'un d'autre.

Elle leva un sourcil.

— Comme tu l'as dit, je suis une associée aussi. Je ne devrais pas donner mon accord pour l'embauche d'une personne supplémentaire ?

— Oui et non. Nous sommes trois contre un, ce qui veut dire que les hommes l'emportent. Comme je le mentionnais, ce n'est pas bien payé, mais c'est un travail et il est à toi.

Elle envisagea de protester un peu pour la forme, mais la vérité, c'était qu'il avait raison. Le travail qu'elle faisait était un poste indispensable au sein du *Fix*, de toute façon. De plus, d'un point de vue pragmatique, elle commençait à être à court d'argent. Soit elle acceptait cet emploi, soit elle tentait sa chance dans le monde lucratif des braqueurs de banques. Ce n'était sans doute pas une très bonne option.

— Vous êtes tous des idiots, dit-elle, mais j'accepte.

— Excellent. En plus, mon objectif caché était de t'éviter à passer des heures à envoyer des CV. Nous pourrons faire quelque chose aujourd'hui.

— Je te l'ai dit. Je dois garder Faith.

— On pourrait passer la journée au zoo d'Austin.

— Pourquoi pas ?

Elle n'était pas allée au zoo depuis des années, et la

dernière fois qu'elle l'avait visité avec Faith, la petite était toujours dans une poussette.

— Nous verrons tous les animaux, nous ferons un tour en train, et ensuite nous rentrerons nous installer dans le canapé et regarder *Les Aristochats*. Quand Faith s'endormira, nous éteindrons la télévision ou nous regarderons autre chose, avec un autre type de romance...

— Oh, fit Edie. Ma jolie, tu dois le prendre au mot.

— Absolument, dit Jenna. Je ne suis pas bête.

Le zoo était encore plus amusant avec une petite fille en âge de vagabonder, même si Jenna devait l'admettre, elle était fatiguée de devoir tenir la cadence de Faith qui courait d'enclos en enclos pour décider quel animal secouru par le parc était le plus mignon.

La palme fut enfin décernée à une genette, animal que Jenna ne connaissait pas auparavant, mais qui était adorable avec son apparence de chat. Puisqu'il n'y avait pas de peluche de genette à la boutique, Faith revint à la maison avec un lémurien qu'elle appela Cracker Jack, pour des raisons qui échappèrent à Jenna et Reece.

— Je suis épuisée, admit la jeune femme quand ils se pelotonnèrent sur le canapé, une fois à l'aise dans un t-shirt et un pantalon de survêtement, la petite fille calée entre eux.

— Bienvenue dans la vie de parent, dit Reece.

Elle éclata de rire. Elle ne pouvait s'empêcher de penser qu'ils deviendraient un jour parents et de se demander quel nom prendraient leurs enfants s'ils ne se mariaient jamais.

Ces pensées malvenues poussèrent Jenna à se relever.

— Je vais me faire un café, tu en veux un ?

Il leva un pouce dans sa direction, puis il se plia à la volonté de Faith et chanta avec elle.

Elle disparut dans la cuisine, laissant derrière elle les deux complices interpréter à tue-tête *Tout le monde veut devenir un Cat*, et elle entreprit de mesurer le café moulu pour le mettre dans le filtre.

Elle venait tout juste d'appuyer sur le bouton de la machine quand son téléphone sonna. Elle le sortit de sa poche arrière et se dépêcha de répondre en voyant l'identité de son correspondant.

— Maman !

— Salut, chérie.

— Est-ce que tu es en ville ?

Sa mère avait évoqué la possibilité de revenir au Texas avec son mari Doug, au printemps, pour un week-end romantique dans le Hill Country.

— Pas avant cet été, dit-elle. L'emploi du temps de Doug au travail est un vrai bazar, mais je te préviendrai à l'avance. Nous avons tous les deux hâte de te voir. Ma petite fille me manque.

— C'est pour ça que tu appelais ?

— Ce n'est pas une raison suffisante ?

— Bien sûr que si, répondit Jenna en riant.

— Oui, tu me manques, mais je voulais savoir comment ton voyage de retour de Californie s'est passé et quelle est cette histoire avec *Le Fix*.

Jenna avait laissé un bref message vocal à sa mère juste après que les gars lui eurent proposé le partenariat. Maintenant, elle lui expliqua les détails.

— C'est génial, dit sa mère. Je ne sais pas ce que je peux faire à partir de la Floride, mais si tu as besoin d'aide, il te suffit de me le demander.

— Je sais.

Sa mère avait toujours tenu le rôle de mère et de père à la fois. À bien des égards, c'était aussi sa meilleure amie.

— Comment va Doug ?

— Très bien.

Elle n'avait pas besoin d'en dire plus. La ferveur de ses sentiments était évidente à l'intonation de sa voix.

— Ça valait le coup d'attendre ? demanda Jenna. Pour te marier, je veux dire.

— Étant donné que je ne connaissais pas Doug avant, c'est une question qui ne se pose pas. Ton père était un homme bien, mais il n'était pas fait pour moi. Cela aurait été une erreur de l'épouser, dit-elle, même si sa voix laissait penser que cela aurait pu être une possibilité. En revanche, si j'avais rencontré Doug à cette époque et que nous ayons attendu aussi longtemps pour nous marier... ça aurait été dommage, non ?

— Oui, approuva Jenna alors qu'un poing imaginaire lui enserrait le cœur. Sans doute.

— Pourquoi cette question profonde ?

— Oh, rien. Tu as vu de bons films dernièrement ?

Sa mère aimait le cinéma et elle voyait la plupart des films le jour de leur sortie. Jenna en profita pour changer le cours de la conversation.

Ce fut efficace. Elles continuèrent à parler pendant une demi-heure avant que Jenna se souvienne du café et qu'elles se disent au revoir.

Elle se servit une tasse et une autre pour Reece, avant de retourner au salon pour retrouver l'homme et la petite fille étendus sur le canapé, tous les deux endormis.

Jenna porta Faith jusqu'à son lit, mais il lui était impossible d'en faire de même avec Reece. Alors, elle le couvrit avec une couverture, éteignit la lumière et s'échappa dans la chambre de Brent, qui avait insisté pour qu'elle y passe la nuit étant donné qu'il rentrerait tard.

Elle envisagea de prendre son ordinateur dans son sac, mais elle se dit qu'elle le ferait après avoir fermé les yeux et s'être détendue quelques minutes.

L'instant d'après, elle sentit un poids sur elle, une main sur son sein et un souffle chaud à son oreille. Elle ouvrit les yeux et découvrit Reece. Il avait relevé son chemisier et sa main faisait preuve de magie sur son corps.

— Tu t'étais endormi, l'accusa-t-elle.

— Maintenant, j'ai un second souffle. Des objections ?

— Aucune.

Elle ferma les yeux et succomba aux plaisirs de ses

mains. Elle poussa brusquement un cri quand la porte s'ouvrit. Presque immédiatement, Reece remonta la couette, préservant tant bien que mal sa nudité.

À couvert, Jenna redescendit son chemisier, puis elle se redressa.

— Alors, petite, qu'est-ce qui ne va pas ?

Faith laissa son pouce s'échapper de sa bouche assez longtemps pour annoncer :

— J'ai fait un mauvais rêve.

Jenna et Reece échangèrent un regard, puis il tapota le lit à côté de lui.

— Allez, viens.

— Est-ce que je peux dormir avec vous cette nuit ? S'il te plaît ?

Elle se blottit sous les couvertures et leur prit une main chacun.

— Bien sûr que tu peux, dit Reece avec un petit sourire à l'attention de Jenna.

Lorsqu'il se pencha pour embrasser la petite sur le front, le cœur de la jeune femme bascula et elle sut à ce moment qu'elle tombait encore plus amoureuse.

Reece s'éveilla, confortablement installé contre de douces courbes. Il se rendit compte que Faith n'était plus blottie contre lui. Il s'agissait de Jenna au corps enchanteur. Il la rapprocha, heureux de savoir qu'elle était vraiment à lui maintenant.

Il essaya de dériver à nouveau dans le sommeil,

mais quelque chose trottait au fond de son esprit. Quelque chose qu'il devait faire. Vérifier. Quelque chose qui pourrait être grave si...

Faith !

En un instant, il était complètement réveillé et il cherchait à allumer la lampe de chevet.

Moins d'une seconde plus tard, il découvrit Brent appuyé contre l'encadrement de la porte.

Une vague de soulagement se déversa sur Reece, mais il se renfrogna tout de même.

— Tu ne frappes pas avant d'entrer ?

— Je l'ai fait.

Le regard de son ami, éclairé par la faible lumière de la lampe, pétillait d'amusement. Dans le lit, Jenna s'étirait sans toutefois se réveiller.

— J'ai frappé, continua Brent, et ma petite fille a répondu.

Comme si on lui avait donné le signal, Faith apparut à côté de son père. Elle tira sur son t-shirt du *Fix* et annonça :

— On a regardé les *Ristochats* hier soir !

— Vraiment ? fit Brent en prenant sa fille dans ses bras. J'imagine que je n'ai pas fini de te voir dans le coin, désormais ?

La question était dirigée vers Reece, mais il ne le regardait pas. Ce dernier se tourna dans le lit, jetant un œil par-dessus son épaule pour voir Jenna, maintenant adossée contre son oreiller, à peine éveillée. Elle était magnifique avec ses traits reposés et ses cheveux emmêlés après une nuit de sommeil.

Elle lui sourit et il ressentit une douce palpitation.

— En fait, dit Reece en reportant son attention sur Brent. Je pensais te la voler. Mon appartement est petit, mais confortable. Il aurait besoin d'une touche féminine. De la lingerie qui sèche sur la barre du rideau de douche. Du fard à joues dans la salle de bain. Ce genre de choses.

— Abruti, dit Jenna en lui donnant un petit coup sur les fesses avec la plante du pied.

Il éclata de rire.

— J'avoue, dit-il. Mais qu'est-ce que tu en penses ? Tu veux venir vivre avec moi ?

Elle leva les yeux en direction de Brent.

— Tu vois ce que je dois gérer ?

— Je vois seulement une baby-sitter à demeure qui s'en va.

— Tu t'en vas ?

Le pouce de Faith quitta sa bouche assez longtemps pour lui permettre de poser la question.

— Oh, chérie. Je ne vais pas loin. Tu sais que je ne t'abandonnerai jamais. Même quand j'étais à Los Angeles, on se parlait tout le temps au téléphone. Maintenant, j'habite de nouveau à Austin, alors je serai toujours dans les parages pour te garder dès que ton papa aura besoin de moi.

— Promis ? demanda Brent.

— Promis ? l'imita Faith.

— Bien sûr, répondit-elle en penchant la tête vers Reece. Et il se pourrait que je vienne avec des renforts.

— Promis juré ? insista Faith.

En souvenir de leur rituel d'enfance, Jenna, Reece et Brent s'agenouillèrent sur le lit et ils *promirent jurèrent* que Jenna et Reece seraient toujours là quand son papa aurait besoin d'eux. Comme ils l'avaient toujours fait.

DIX-SEPT

— Voilà un autre lot de trois cents calendriers vendus, déclara Tiffany en sautant presque par-dessus le coin de la table où Maia et Jenna étaient penchées derrière l'ordinateur. Un des magasins sur South Congress a accepté de les présenter. Ils font de la vente en gros, mais...

— Il n'y a pas de *mais*, dit Jenna. C'est super. Merci, Tiff.

— Tu plaisantes ? Tu n'as pas à me remercier. C'est génial. Je ferai tout pour empêcher la fermeture du *Fix* et conserver mon emploi ! ajouta-t-elle avant de détaler vers le bar pour prendre un plateau prêt à servir.

Il était vingt-deux heures, un mercredi soir, et le bar fonctionnait à une capacité de quatre-vingt-dix pour cent, avec un chanteur sur scène seulement accompagné par sa guitare.

— Bientôt, cet endroit sera complet à cent vingt pour cent, s'exclama Maia. Tu as tellement assuré.

— Le temps est passé à une vitesse incroyable. Quand je vois tout ce que nous avons déjà accompli. Merci pour ton aide. Sérieusement.

Jenna leva son verre pour porter un toast et Maia l'entrechoqua avec enthousiasme.

— Avec plaisir. J'aurais aimé pouvoir en faire plus. Tu te sens confiante ?

— Oui. Je crois que la commande de calendriers est un bon indicateur pour montrer combien le concours sera populaire. En plus, nous avons presque vendu toutes les places pour celui de Mister Janvier. Je pense que l'événement sera réussi. Beaucoup d'hommes se sont inscrits et ceux qui ont été sélectionnés sont plutôt sexy.

— Tu as fait appel à des célébrités locales pour faire la présélection des candidats, non ? demanda Maia. Ce sont elles qui ont élu les heureux candidats qui vont parader sur scène ?

— Exactement. Le vainqueur sera élu par les clients présents ce soir-là. De cette façon, nous pouvons gonfler le prix de l'entrée et le public se sentira impliqué.

— Et nos gars ? Tyree, Brent et Reece ?

— Ils ont tous refusé. Les enfoirés.

Jenna leva les yeux au ciel.

— Ils disent qu'il y aurait conflit d'intérêts. Je crois qu'ils se cherchent des excuses.

Maia éclata de rire.

— Probablement. C'est dommage. J'aurais adoré

voir parader Tyree sans son t-shirt. J'en ferai bien mon quatre heures.

Elle pencha la tête sur le côté, les lèvres légèrement pincées.

— Je retire ce que j'ai dit. Ils sont tous les trois dignes d'être dégustés pour le goûter.

Jenna rit.

— Ne t'inquiète pas. Ceux qui vont concourir le sont aussi.

— Est-ce que tu vas autoriser le roulement dont tu m'as parlé ? Si l'un des gars ne gagne pas, il peut se présenter pour le mois suivant s'il le désire ?

— Oui. Tant mieux, parce que nous avons quelques stars locales qui se sont inscrites pour janvier. S'ils ne remportent pas du premier coup les faveurs du public, ils continueront de parler du concours sur leurs réseaux sociaux jusqu'à la sélection de Mister Février.

— Tu as d'autres publicités sous le coude ?

— Nous avons la télévision qui vient pour Mister Janvier, dit Jenna, encore étourdie par cette réussite. Honnêtement, j'ai travaillé presque sans arrêt depuis que nous avons commencé le projet. Au moins, ça porte ses fruits. J'espère que ce sera suffisant pour que le bar reste ouvert l'an prochain.

— Reste positive.

— Bien sûr, je suis gonflée à bloc. Ce que je veux dire, c'est que c'est un peu frustrant. Je vois à peine Reece, alors que nous vivons ensemble maintenant. Enfin, je le *vois* beaucoup la nuit, ajouta-t-elle avec un sourire espiègle, mais les journées passent à une vitesse folle.

Elle changea de position sur sa chaise, encore courbaturée après l'activité de la nuit précédente. Ils partageaient son appartement depuis presque deux semaines maintenant et la transition s'était faite sans heurts. En fait, le seul moment de flottement avait eu lieu quand il avait trouvé son vibromasseur dans sa table de chevet en cherchant la télécommande de la télévision.

Toutefois, ce moment gênant s'était transformé en partie de jambes en l'air délicieusement inventive lorsque Reece lui avait assuré qu'elle n'avait pas à être embarrassée... tant qu'elle lui faisait une démonstration de la manière exacte dont elle l'utilisait.

— J'en déduis que les choses vont plutôt bien, commenta Maia, la voix teintée d'un rire. Chérie, les rousses ne devraient même pas essayer de garder des secrets. Tes joues en dévoilent bien trop.

Jenna rougit de plus belle et baissa les yeux sur la table pendant que Maia passait en revue la suite du plan qu'elles avaient prévu.

— Amanda m'a mise en relation avec une femme qui gère une petite entreprise de rénovations, reprit Jenna. Impossible que tout soit prêt pour le premier concours, c'est dans moins d'une semaine, mais j'espère que s'ils s'y mettent le soir et le matin, ce sera prêt pour le concours de Mister Février.

— Ce serait génial. Quand la rencontres-tu ?

Elle jeta un œil à sa montre.

— D'un instant à l'autre. Elle a demandé à me voir le soir parce que son emploi du temps est dingue. D'ailleurs, je crois que c'est elle...

Jenna laissa sa phrase en suspens, tournée vers la porte où une grande et belle blonde venait de faire son apparition.

— Voilà le signal du départ, dit Maia en se levant. Bonne chance.

Sur ce, elle disparut au fond du bar pendant que Jenna faisait signe à Brooke et allait la rejoindre.

— Je me présente, je m'appelle Jenna, dit-elle. Je vous remercie d'avoir accepté de me parler. Amanda m'a dit que vous étiez fantastique.

— J'aime mon travail, dit Brooke avec un grand sourire naturel qui révélait toutes ses dents.

À côté d'elle, Jenna se sentait terne en costume de travail, ses cheveux roux attachés derrière la tête par une simple pince.

— Nous sommes enthousiastes à l'idée de travailler avec vous, dit-elle.

Elle indiqua la table et elles s'assirent ensemble, Brooke sur la chaise que Maia venait d'abandonner.

— Je ne sais pas ce qu'Amanda vous a dit, expliqua Jenna, mais nous souhaitons que *Le Fix* fasse peau neuve. Nous avons déjà étoffé notre super menu et nous faisons passer le mot pour attirer de nouveaux clients. Ensuite, dans une semaine environ, nous lancerons notre fameux concours pour élire douze hommes sexy en vue de la publication d'un calendrier. Nous organisons des soirées pour filles autour des douze événements.

— Et à cette occasion, vous souhaitez faire quelques rénovations.

— Vous avez tout compris. Il ne faut pas en faire trop, mais juste assez pour qu'on remarque les changements. De plus, nous aimerions agrandir la scène. Nous envisageons de changer son orientation afin de mettre plus de tables. Une plus grande capacité équivaut à de meilleurs revenus.

— J'aimerais beaucoup travailler avec vous.

— Ce qui m'inquiète, ce sont vos tarifs, admit Jenna. Pour être vraiment honnête, nous essayons de faire tout cela avec le plus petit budget possible. Vous comprenez, le concours et le calendrier sont en quelque sorte une collecte de fonds. L'hypothèque pour le bar doit être payée à la fin de l'année, et...

Elle s'interrompit en haussant les épaules, espérant que Brooke comprendrait. À l'évidence, c'était le cas, parce qu'elle hocha la tête avec indulgence.

— Habituellement, je suis un peu chère, je l'admets, mais j'ai une proposition à vous faire. Si vous êtes d'accord, cela pourrait être formidable pour nous deux.

Jenna se rencogna dans sa chaise.

— Amanda m'a dit que vous cherchiez un projet très en vue, avança-t-elle.

— C'est toujours le cas. Pour vous dire la vérité, *Le Fix* est exactement ce que je recherche.

— D'accord. Je suis intriguée. Dites-moi tout.

— L'inconvénient, c'est que je ne peux pas

commencer les travaux avant le lancement, mais nous serons en bonne voie lors du deuxième concours. Les rénovations pour la scène seront prêtes pour Mister Juin et le tout sera terminé avant la fin des concours.

— Oh.

Jenna essaya de ne pas montrer sa déception.

— Nous espérions un programme plus rapide. Si vous avez une équipe qui accepte de travailler la nuit, en heures supplémentaires, vous pourriez peut-être terminer avant le deuxième concours ?

— J'ai bien peur que non. Mais, s'empressa-t-elle d'ajouter, si vous acceptez ce programme, alors tout le travail sera gratuit, matière première et main-d'œuvre.

Jenna cligna des paupières.

— Vous pouvez répéter ?

— Je suis en pourparlers avec une chaîne pour une émission de rénovation immobilière. Au lieu de rénover des maisons, je m'occuperai des commerces. Si le projet fonctionne, ce sera la première propriété.

— Oh, waouh. L'émission est intéressée par *Le Fix* ? Les producteurs préféreraient peut-être un autre type d'établissement.

— Pour être honnête, j'ai déjà exposé tout l'argumentaire et je pense que ce sera parfait. Les lieux, l'atmosphère, même le concours pour le calendrier en trame de fond. Tout cela fera une bonne émission de télévision.

Jenna avait travaillé assez longtemps dans le marketing pour savoir que c'était vrai.

— Comme il s'agit d'un essai, en quelque sorte, vous en recevrez tous les bénéfices.

— Et les inconvénients ? demanda Jenna, à qui cela paraissait trop beau pour être vrai.

— Nous serons un peu éparpillés le temps des premiers épisodes, avant de trouver notre rythme, alors vous devrez composer avec. En revanche, *Le Fix* sera au centre de l'émission, avec l'avantage d'une publicité gratuite.

Jenna en resta bouche bée.

— Tout ce que j'ai à faire, c'est dire oui ?

— À peu près. Pour être honnête, il faut encore que les gros bonnets de la chaîne acceptent officiellement. Mais les producteurs et les exécutifs soutiennent le projet et nous sommes à deux doigts d'obtenir le feu vert.

— À deux doigts, répéta Jenna. Vous voulez dire qu'ils attendent que nous donnions notre accord ? L'accord du *Fix*, je veux dire.

— Oui, répondit Brooke avant de perdre son sourire guilleret. En fait, Spencer doit signer aussi. La chaîne insiste pour enregistrer quelques émissions avec lui. Ce sera mon acolyte devant les caméras, mais il ne faut pas se poser de questions. C'est exactement le type de projets qu'il recherche.

— Spencer ?

— Spencer Dean, expliqua Brooke, comme pour souligner l'évidence. Il avait une émission similaire, ajouta-t-elle devant le regard inexpressif de Jenna. Il a arrêté il y a un an à peu près.

— Et maintenant, il veut revenir ?

— Oh, oui. Par la grande porte, répondit Brooke, ses grands yeux bleus pleins d'innocence.

Au bout d'un moment, elle s'éclaircit la voix.

— Alors, voilà. C'est tout, dit-elle en se mordillant la lèvre inférieure. Qu'en pensez-vous ? J'ai bien conscience que ce n'est pas ce que vous attendiez, mais...

— C'est encore mieux, s'exclama Jenna avec conviction. Tant que vous m'apportez une réponse définitive dans la semaine, *Le Fix* est partant.

———

— J'aurais dû en parler à Brent et Tyree.

Jenna faisait les cent pas dans la pièce pendant que Reece la regardait, amusé.

— Tu crois que ça va les déranger ? demanda-t-elle. Est-ce que ça te dérange, toi ?

— Pourquoi ça me dérangerait ?

— Une équipe de tournage au *Fix*. Une émission de télé-réalité. C'est le summum de la vulgarité. Tu as déjà vu les bagarres qu'il y a dans ce genre d'émission ? En plus, ils fourrent leur nez dans les affaires de tout le monde. C'est envahissant sur un plan personnel.

Il ricana, puis il l'attira à lui.

— Je promets de ne pas me laisser entraîner dans une bagarre, ni avec toi ni avec personne d'autre. Pour le côté envahissant, je pense que c'est plus le cas dans les émissions trash que dans celles portant sur le thème des rénovations.

— Peut-être. Tu penses ? Je ne sais pas.

Elle cessa d'arpenter la pièce pour s'asseoir sur le canapé.

Il s'installa sur la table basse devant elle et lui prit les deux mains.

— Est-ce qu'il y a autre chose qui te dérange ? Parce que, de mon point de vue, la possibilité de devenir l'attraction principale d'une émission nationale sur les rénovations de propriétés, surtout quand elles sont si populaires, ça me semble une occasion en or.

— Non... Oui. Je suis fatiguée. Tout me paraît flou aujourd'hui. C'est ça, je dois être fatiguée.

Il se mit à côté d'elle et posa la main sur son front.

Elle esquissa un sourire.

— Je ne suis pas malade.

— Tu n'es pas chaude, confirma-t-il sans parvenir à chasser l'inquiétude qui le taraudait.

Jenna tombait rarement malade, mais quand c'était le cas, elle restait souvent assommée pendant des semaines. La mononucléose au collège. La pneumonie à l'université.

— Je vais bien, répéta-t-elle.

Sa main n'avait pas quitté son front.

— J'en fais un peu trop, c'est tout.

— Et tu vas te rendre malade si tu continues à ce rythme.

— J'ai des choses à faire. Le plus gros du travail sera bientôt derrière moi.

Il se racla la gorge, sans trop savoir s'il acceptait ce qu'elle lui disait ou s'il redoutait la dernière ligne droite. Tout ce qu'il savait, c'était qu'elle s'affaiblissait et qu'il devait prendre soin d'elle. Mais comment ?

Si quelqu'un se comportait mal avec elle dans un bar, il saurait quoi faire. C'était déjà arrivé et il avait demandé à l'importun de partir sous peine de perdre une dent.

Si sa voiture était en panne, il saurait venir à son secours.

Si elle avait faim, il pouvait la nourrir. Si elle était triste, il pouvait lui remonter le moral.

Mais que faire si elle était malade ? Rien, à part lui donner des vitamines et la forcer à se reposer. Avec Jenna, c'était toujours plus difficile qu'il le faudrait. Sauf...

Il se leva.

— Où vas-tu ?

— Je reviens tout de suite.

Quelques instants plus tard, il était de retour avec un petit verre d'eau et des cachets.

— C'est de la vitamine C, du zinc et deux ibupro-fènes, seulement au cas où je me serais trompé pour la fièvre.

— Reece, s'il te plaît. Je n'ai pas...

— Ça ne peut pas te faire de mal. Ça va t'aider. Avale-les.

Elle regarda son visage et il sut ce qu'elle y voyait. Tout refus serait à ses risques et périls.

— Bien, dit-elle en prenant les cachets.

Il repartit dans la cuisine, puis il s'éclipsa un instant dans la chambre avant de revenir vers elle.

— C'était quoi, ça ?

Il pencha la tête, heureux de savoir que la chambre n'était pas visible, à l'exception de la lampe accrochée au ventilateur du plafonnier.

— Pas grand-chose, dit-il. Je vais te mettre au lit. Tu es fatiguée, tu as besoin de sommeil. De te détendre.

— J'ai seulement besoin de me ressaisir, de vérifier mes e-mails, de m'assurer que les concurrents ont signé leur décharge, de voir si...

— Tout sera toujours là demain. Monte. Tout de suite. Soit tu marches, soit je te porte, mais dans les deux cas, tu seras au lit.

Il voyait bien qu'elle était tentée de se laisser porter, et il aurait été heureux de le faire, mais une fois qu'elle eut jeté un œil à l'escalier en colimaçon, elle sembla changer d'idée et le précéda à l'étage. Lorsqu'elle arriva en haut, elle s'arrêta, le souffle coupé, avant de se tourner vers lui.

Il éteignit la lumière au plafond à l'aide de la télécommande, laissant seulement les bougies qu'il avait allumées lorsqu'il s'était absenté un instant plus tôt. Maintenant, la pièce était éclairée à la lueur de quatre bougies sur une table, où étaient aussi posés une bouteille de Cabernet et deux verres à vin. Elle découvrit quatre cravates en soie noire et un bandeau rembourré.

— Oh, fit-elle comme si elle posait une question.

En même temps, sa voix avait une telle chaleur

qu'il sut instantanément qu'il avait pris la bonne décision.

— Tout est pour toi. Tu dois te détendre. Et je vais m'assurer que tu le fasses.

— Reece...

— Chut. Assieds-toi.

Il lui indiqua le lit. Elle obéit et il lui tendit un verre de vin.

— À toi, dit-il. Et au fait que tu vas t'étendre, fermer les yeux, et tout oublier sauf ce que je vais te faire ressentir.

— Reece. je...

Il posa son doigt sur ses lèvres pour interrompre les mots qui sortaient de sa bouche.

— Oui, c'est moi, dit-il en souriant.

À son tour, un sourire s'épanouit sur son visage et elle pencha la tête pour approuver.

— D'accord, monsieur, dit-elle en haussant le sourcil de manière suggestive.

— Termine ton vin, ordonna-t-il avant de rire en la voyant engloutir l'intégralité du verre à moitié plein en deux grandes gorgées.

Il le récupéra, puis il s'agenouilla devant elle, dégustant son propre vin tout en la déshabillant. Les chaussures en premier, puis son jean. Il caressa doucement sa peau pendant qu'il défaisait le bouton, excité par son déhanchement lorsqu'il tira sur son pantalon, baissant sa culotte jusqu'en bas. Les vêtements atterrirent sur le dossier d'une chaise. Il lui retira son t-shirt du *Fix*, qu'il jeta de l'autre côté de la chambre. Ensuite, il passa les mains derrière elle pour dégrafer son soutien-gorge, frôlant délibérément les côtés de ses seins tout en le retirant.

Devant lui, les yeux de Jenna étaient fermés. Elle mordillait sa lèvre inférieure. Elle était assise sur le rebord du lit, les cuisses serrées l'une contre l'autre. En souriant, il se demanda si elle était mouillée. Quoi qu'il en soit, elle le serait bientôt. Cette soirée était consacrée à Jenna. À son plaisir.

Il comptait bien la faire fondre.

La tête de Jenna tournait, et pas seulement à cause du vin. Elle était ivre de Reece, de cette sensation euphorisante qui se répercutait dans son corps alors qu'elle s'étirait, bras et jambes écartés, attachée aux colonnes du lit par des liens de soie aux chevilles et aux poignets.

Elle avait protesté quand il lui avait expliqué ce qu'il avait l'intention de faire, et encore plus quand il avait été question du bandeau. Pour être franche, c'était pour la forme. Elle désirait cette échappatoire qu'il lui offrait. La promesse de délices suaves et de sensations exquises. Il lui avait dit qu'il la ferait exploser, puis qu'il la détacherait, la borderait et la laisserait glisser dans le sommeil.

— Pour toi, murmura-t-il en caressant les oreilles de Jenna sous ses lèvres.

Elle sourit de bonheur, ravie que l'on prenne soin d'elle.

Il l'embrassa avec ferveur. Sa bouche propagea une excitation à travers tout son corps. Sa barbe chatouillait sa peau alors que ses lèvres parcouraient l'intérieur de ses cuisses, sa taille, ses seins ronds.

Il n'était pas proche de son entrejambe, et pourtant elle sentait déjà la pulsation de son désir. Elle essayait de serrer les cuisses l'une contre l'autre pour contenir la douleur de son envie, mais elle était bien attachée.

— Laisse-toi aller, murmura-t-il tout contre ses lèvres. Laisse-toi emporter.

Enfin, il descendit. Les mains sur ses seins, les doigts sur ses tétons. La bouche de Reece approchait inexorablement de son entrejambe, jusqu'à ce qu'elle sente sa langue sur son clitoris. Ses hanches vinrent à sa rencontre dans une supplication silencieuse.

Dieu merci, Reece obéit.

Sa langue. Ses lèvres. La rugosité de sa barbe. Tout fut brusquement concentré entre ses jambes. Elle s'abandonna aux sensations.

D'un geste expert, il prit ses fesses dans le creux de ses mains, les orienta vers lui et laissa sa langue se frayer un chemin entre ses replis, puis sur son clitoris. Tout ce qu'il lui infligeait la rendait folle, et pourtant il faisait monter son excitation lentement. Un feu à combustion lente. Plus il continuait, plus elle désirait cette explosion.

Elle avait envie de lui, il n'y avait aucune autre description possible. Tout son corps semblait le désirer et elle était plus mouillée qu'elle ne se rappelait l'avoir jamais été. Sa poitrine était endolorie, elle avait l'impression que chaque parcelle de sa peau était une zone érogène.

Elle avait envie de bouger, de se toucher, de soulager une partie de ce besoin qui la consumait et lui faisait mal. Pourtant, elle n'avait d'autre choix que de subir et profiter, de se perdre dans un plaisir si intense qu'il frôlait la torture.

Il approcha sa bouche plus près de son clitoris et il suça, jouant avec elle. Elle gémit avec une passion grandissante, décollant les hanches autant que possible en dépit de ses liens. Il avait raison. Elle en avait besoin. Elle voulait qu'on éveille son désir, qu'on joue avec elle et qu'on la prenne. Qu'on la touche, qu'on la caresse et qu'on l'utilise.

À nouveau, elle se débattit faiblement, sans succès. Elle ne pouvait pas bouger, contrainte à succomber aux sensations grandissantes. Il les décuplait sans relâche jusqu'à lui faire atteindre l'apogée. Quand l'orgasme déferla, elle sut qu'il avait raison.

Il l'avait complètement détendue.

À présent, elle était épuisée. À bout. *Reece.* Elle essaya de murmurer son prénom, mais le sommeil la rattrapait et elle n'était pas certaine de l'avoir prononcé à voix haute.

Cela n'avait pas d'importance. Il venait tout simplement de lui donner le plus beau des cadeaux. Il l'avait propulsée dans le bien-être sur les ailes de l'orgasme. Lorsqu'elle s'éveilla le lendemain matin, elle avait toujours son nom sur les lèvres.

Elle était détachée. Heureusement, car elle mourait d'envie d'aller aux toilettes.

Elle était seule au lit, en revanche, ce qu'elle appréciait beaucoup moins.

Roulant sur le côté pour toucher son oreiller, elle constata qu'il était toujours chaud. Elle y trouva aussi un petit mot. Journée complète au Fix aujourd'hui. Je t'ai laissé des tacos à réchauffer au micro-ondes pour le petit-déjeuner. Prends rendez-vous chez le médecin si tu ne te sens pas bien. Je rentre à la maison après la fermeture. Appelle-moi si tu as besoin de quelque chose. Je t'aime, R.

Elle sourit, contente qu'il ait pensé à son petit-déjeuner. En revanche, à l'idée de manger, son sourire s'évanouit, remplacé par une violente nausée.

Mais qu'est-ce qui... ?

Elle n'eut pas le temps de terminer sa pensée. Elle courut aux toilettes, s'effondra sur les genoux devant la cuvette et vomit ses tripes.

Était-elle malade ? À l'exception de ce haut-le-cœur, elle se sentait bien. Très bien même. Elle avait peut-être mangé quelque chose qu'elle n'aurait pas dû. Mais quoi ?

Elle y réfléchit tout en se nettoyant, s'efforçant de se rappeler ce qu'elle avait avalé la veille. Ensuite, elle se rendit dans la cuisine pour se préparer un café, mais l'arôme de grains moulus lui donna envie de retourner directement dans la salle de bain.

— *Oh, non.*

Hors de question. Son téléphone était sorti et elle composa le numéro d'Amanda avant de pouvoir s'en empêcher.

— Tout le monde ne se lève pas avec le soleil, grommela son amie sans plus de cérémonie.

— Je pense que je suis enceinte.

Il n'y avait plus de trace de sommeil dans sa voix. À présent, elle était bien réveillée.

— Quoi ? Oh ! D'accord, on va gérer ça. Ne panique surtout pas.

— Je ne panique pas. Je vais bien.

C'était vrai. Maintenant que son estomac s'était apaisé, elle se sentait parfaitement sereine, merveilleusement bien.

— Tu as fait un test de grossesse ? s'enquit Amanda.

— Non, ce serait trop tôt pour ces tests de pharmacie, mais je me sens bizarre. J'ai vomi toute la matinée.

— Hmm. Alors, ce n'est pas très concluant. Ce ne sont peut-être que des maux d'estomac. Tu prends la pilule, non ?

— Oui.

Reece avait utilisé un préservatif la première fois qu'ils avaient couché ensemble, mais ils avaient arrêté lorsqu'elle lui avait dit qu'elle prenait la pilule. Toutefois, avant de se mettre avec Reece, il lui arrivait de rater un jour ou deux, mais elle ne s'en était jamais souciée parce qu'elle n'avait pas de relations sexuelles.

Le pire qui pouvait lui arriver, à l'époque, c'était que ses hormones s'emballent.

Avait-elle interrompu son traitement le mois précédant leur premier coup de folie ?

Impossible de s'en souvenir.

— Qu'est-ce que tu vas faire ? demanda Amanda quand Jenna eut relayé ce scoop.

— Devenir maman.

Elle songea à Faith et cette pensée la fit sourire. Un enfant. *Leur* enfant.

Mais aussitôt, elle pensa à la frénésie quotidienne dans laquelle vivait Brent en tant que parent et son sourire s'effaça.

— Ce n'est pas le meilleur moment, mais ça va fonctionner, non ?

— Je persiste à dire que tu sautes les étapes.

— Sans doute. Et tu as raison. C'est peut-être seulement la grippe, dit Jenna avec certitude tout en passant mentalement son calendrier en revue. Nous couchons ensemble depuis quelques semaines seulement. C'est encore tôt pour avoir des nausées matinales.

— Ma mère m'a dit qu'elle vomissait déjà quelques semaines après la conception. Alors, qui sait ?

— Génial. Merci.

— Quand devais-tu avoir tes règles ? demanda Amanda.

Jenna fit le calcul.

— En ce moment, admit-elle, consciente que les indices en faveur d'un *bébé* s'allongeaient.

— Bon, alors, dit Amanda en se raclant la gorge.

Nous sommes ridicules. Va dans une clinique et vois ce qu'il en est d'une manière ou d'une autre.

— Je vais le faire. J'y vais maintenant.

Elle expira, dissipant une vague de joie mêlée à de la panique.

— Ce n'est pas grand-chose. Mon système immunitaire est épuisé après mes heures de travail et le manque de sommeil. C'est tout.

— Bien sûr, dit Amanda. Tu n'as aucun souci à te faire.

DIX-HUIT

Il était presque trois heures du matin quand Reece rentra à la maison. Jenna s'était endormie sur le canapé. Elle cligna des yeux, un peu dans le cirage, quand elle entendit la clé dans la serrure, puis elle se redressa. Son corps lui semblait étranger. Un peu spécial. Un peu traître. Et totalement différent.

— Salut, beauté, murmura-t-il en entrant. Je ne m'attendais pas à ce que tu sois toujours réveillée. Comment te sens-tu ? Tu es allée chez le médecin ?

Elle acquiesça.

— C'est bien. Il t'a donné quelque chose ?

— Non.

Elle bâilla et s'étira, tout en essayant de faire fonctionner sa tête à nouveau.

— Non ?

Il s'approcha pour s'asseoir sur le canapé, puis il lui toucha le front comme il l'avait fait le matin.

— Pas de température. Est-ce qu'il t'a dit au moins

pourquoi tu te sens aussi mal ? Surcharge de travail comme tu le pensais ?

— Tu t'inquiètes pour moi.

— Bien sûr que je suis inquiet.

Elle enveloppa ses bras autour de son cou et le serra fort contre elle.

— Je t'aime, murmura-t-elle, saisie de sueurs froides.

Des sueurs qu'elle détestait, parce qu'elle avait une bonne nouvelle à lui annoncer. Ou du moins, elle espérait qu'elle serait bonne. Jenna ne pouvait s'empêcher de craindre que, dès l'instant où elle parlerait, ce soit le début de la fin.

— Je t'aime aussi.

Sa voix était méfiante et il la repoussa gentiment pour mieux la dévisager.

— Si tu n'es pas malade, peux-tu me dire ce qu'il se passe ? Est-ce que c'est le concours ? S'il y a une difficulté, ne t'inquiète pas. Nous allons régler ça.

Elle secoua la tête.

— Non, tout va très bien.

C'était vrai, et elle en était reconnaissante. Pour le moment, elle ne pouvait faire face qu'à une difficulté à la fois.

— Alors, quoi ?

Elle se leva en même temps qu'elle émit la nouvelle.

— Je suis enceinte.

Elle fixait son visage tout en parlant, cherchant des signes de terreur avec la même minutie qu'un astronome étudiait les étoiles. Elle ne vit rien d'étrange. Pas de panique. Pas de déception.

Tout ce qu'elle vit, ce fut de la joie. Enfin, de la joie mêlée à une certaine perplexité, naturellement.

— Bébé, c'est merveilleux.

Il l'attira à lui et la berça sur ses genoux.

— Tu es sûre ? Ça ne fait pas longtemps et je pensais que les tests ne fonctionnaient pas avant...

— Le médecin m'a fait une prise de sang. C'est un début de grossesse, il n'y a aucun doute.

— Waouh, fit-il avant de poser une main sur son ventre. Depuis quand le sais-tu ? Tu aurais dû m'appeler. J'aurais pu te rejoindre chez le médecin. J'ai tellement de questions, veux-tu que j'aille te chercher quelque chose au magasin ? Des cornichons ?

Elle éclata de rire. L'oppression qui avait grandi dans sa poitrine se relâcha un peu.

— Je n'ai pas encore d'envies de femme enceinte. Quand j'en aurai, je te le dirai.

En supposant que tu sois toujours là.

Cette pensée était venue spontanément et elle comprit qu'il l'avait aperçue sur son visage.

— Y a-t-il quelque chose qui ne va pas ? C'est le bébé ? Est-ce qu'ils peuvent le savoir aussi tôt dans la grossesse ? C'est pour ça que tu ne m'as pas appelé avant ? Parce que, s'il y a quelque chose qui cloche, nous allons y faire face ensemble.

Elle remarqua qu'il ne lui avait pas demandé si c'était le sien, et sa certitude qu'elle ne soit pas allée voir ailleurs, même quand elle était à Los Angles, lui réchauffa le cœur. Ils étaient en accord. Tous les deux formaient un couple parfait, comme une clé et sa serrure.

Toutefois, si c'était vrai, pourquoi était-ce si difficile de lui parler ?

— Il n'y a rien qui cloche. J'ai passé la journée à réfléchir. Je suis désolée de ne pas te l'avoir dit tout de suite, mais j'avais besoin de temps pour penser.

— Ça va. Je comprends.

— Ce que tu viens de dire, que nous gérerons les choses ensemble. C'est le genre de choses dont je voudrais qu'on parle.

Il acquiesça, l'invitant à continuer, mais les mots ne venaient pas.

— Oh, bébé, fit-il en lui prenant la main. Dis-moi.

— J'ai peur.

Ces mots n'étaient même pas un murmure.

— Ça va. Tu n'as pas à avoir peur. Les femmes ont des enfants depuis toujours.

Elle partit d'un petit rire en entendant ces mots.

— C'est vrai, mais ce n'est pas de cela que j'ai peur.

Elle prit une grande inspiration pour trouver le courage. Elle ferma les yeux, puisant sa force dans les quelques battements de cœur qui suivirent.

— Je ne veux pas être comme ma mère. Une mère célibataire. Ça ne me ressemble pas.

Reece fronça les sourcils et son regard devint dur.

— Ta mère était seule, dit-il avec méfiance, mais je serai avec toi. À tes côtés. Peu importe ce dont tu auras besoin. Peu importe ce dont le bébé aura besoin.

Nous sommes ensemble, non ? Nous formons une équipe.

— Une équipe, répéta-t-elle.

Le mot semblait bien fade.

— Un couple, alors. Ou un trio. Non ?

Elle entendit le timbre de l'urgence dans sa voix, elle voulut l'étreindre et le calmer. Elle n'arrivait pas à penser correctement quand elle était avec Reece, mais il le fallait. Il le fallait, parce qu'elle pensait pour elle et pour le bébé.

Elle avait eu toute la journée pour réfléchir à ce qu'elle allait faire. Toute la journée, toute seule, à faire les cent pas, à marcher et à fouiller dans sa conscience.

Ça ne lui plairait peut-être pas, mais elle croyait à cette voie qu'elle avait choisie. La question, maintenant, était de savoir s'ils l'emprunteraient ensemble.

— Merde, Jen. Parle-moi.

— Je sais que je fais bouger les choses pour toi sans prévenir, mais ce petit polichinelle m'a prise par surprise, moi aussi.

Elle se leva, posa les mains sur son ventre et soupira. Elle était là, sa force. Peu importe ce qui adviendrait, avant elle-même, avant Reece, elle devait penser à ce qui serait le mieux pour le bébé. C'était ce qu'elle faisait maintenant. Pendant des heures et des heures, elle n'avait pensé qu'à cela.

Penser, c'était la partie facile. Le dire à Reece, en revanche, le lui faire comprendre, c'était un défi. À tel point qu'elle était terrifiée qu'il ne puisse pas le relever.

— Je veux... Avant, j'imaginais rentrer de l'école et

voir maman faire du jardinage, papa réparer la voiture. Je n'ai jamais eu ça... C'est ce que je veux pour mon enfant.

— Il l'aura. Elle l'aura. Je ne vais nulle part. Nous en avons déjà parlé.

— Non, nous ne l'avons pas fait. Pas vraiment. C'est certainement à cause de moi. Je t'ai peut-être fait croire que j'étais d'accord pour ne jamais me marier, alors qu'en réalité, j'étais uniquement d'accord pour ne pas le faire tout de suite.

— Nous sommes toujours *tout de suite*, Jen. Rien n'a changé sauf la biologie.

Elle sourit à ces mots.

— Oui, sans doute. Cette petite partie de biologie est la chose la plus importante qui nous arrivera. Ça va changer les choses, ou les accélérer, en tout cas.

Elle s'installa confortablement dans le canapé, mais cette fois à quelques dizaines de centimètres pour être moins tentée de le toucher. Cela n'aurait pas affaibli sa résolution, mais la proximité rendrait la rupture plus difficile s'il lui tournait le dos.

— J'ai dit que ça m'allait à ce moment-là, continua-t-elle en gardant les mains sur ses genoux malgré le fait que Reece essayait de les lui prendre. Mais pas éternellement, et je suis désolée si tu as eu cette impression. Je crois au mariage. Je veux une implication. C'est plus que ça, j'en ai besoin et le bébé aussi.

— Je t'aime, Jen. Je suis autant impliqué qu'on puisse l'être. Je serai toujours là pour toi. Pour notre enfant.

— Tu es impliqué, répéta-t-elle. Tu ne l'es pas assez pour te marier avec moi.

— Ne joue pas à ce jeu-là, répondit-il d'une voix tendue.

Des larmes formèrent une boule dans sa gorge, mais elle était déterminée à ne pas les laisser couler.

— Tu es mon meilleur ami et tu l'as toujours été. Maintenant, tu es mon amant et c'est génial, mais je n'ai pas besoin d'un meilleur ami et je n'ai pas besoin d'un amant. J'ai besoin d'un père pour mon bébé.

Il se leva, propulsé sur ses pieds par une émotion qui semblait le submerger.

— Je suis le père de ce bébé.

— J'ai besoin d'un mari.

— Sans blague... Tu n'as pas rencontré mon père ? Le mariage ne résout pas tout. Ce n'est pas une solution miracle qui fait que tout fonctionne.

— Non, mais c'est une déclaration, et c'est important. Du moins, ça l'est pour moi. J'ai besoin de la tradition, du rituel et tout ce qui va avec. J'ai besoin que nous soyons une famille.

Elle avait besoin de savoir qu'il n'était pas comme son père et qu'il serait vraiment, sérieusement et résolument fort pour pouvoir s'appuyer sur lui.

— Je suis désolée, mais si c'est quelque chose dont tu n'as pas besoin, alors...

— Ne me pose pas d'ultimatum, Jen. Ne me menace pas de m'enlever mon enfant.

Cela ne fonctionnait pas. Il ne comprenait pas et il n'acceptait pas du tout. Toutefois, il était en colère. À tel point que sa fureur se ressentait dans l'appartement. Elle aurait voulu se mettre en boule pour se cacher sous les coussins.

— Je ne ferais jamais ça, dit-elle en s'efforçant de rester calme. Jamais, mais si tu t'attends à ce que je respecte ton incapacité à prononcer ces vœux, alors tu dois respecter mon besoin de les avoir.

— Je ne suis pas ton père, Jenna. Je ne vais pas dire que j'aime mon enfant et, l'instant d'après, disparaître de sa vie pour toujours.

Elle cligna des yeux et des larmes coulèrent le long de sa joue. Il la connaissait bien et elle ne pouvait pas imaginer qu'il ferait une chose pareille. En revanche, cela ne changeait pas ce qu'elle voulait. *La promesse. L'engagement.*

— Tu m'as promis que tu serais toujours là pour moi, lui dit-elle.

— C'est le cas.

— Non, dit-elle. C'est faux.

— Jenna...

Elle secoua la tête.

— Si tu ne veux pas être mon mari... Si ce n'est pas la place que tu souhaites, alors je vais devoir partir. Je t'aimerai toujours, Reece, mais je ne peux pas être avec toi. Pas comme ça. Pas ainsi. J'ai peur que si je reste, à terme, tu me brises.

Elle essuya ses larmes.

— Parce que je t'aime tellement. Je me détesterais si je baissais les bras. Quelle sorte de leçon ce serait pour notre bébé ?

— S'il te plaît, Jenna. Ne fais pas ça.

Il le fallait.

Quand bien même ça lui brisait le cœur, elle devait partir.

***

Depuis presque une semaine, Reece vivait dans un épais brouillard. Jenna avait ébranlé ses fondations et tout son monde s'était écroulé. Bon sang, il n'avait pas encore trouvé de moyens pour le remettre à l'endroit. Encore moins pour récupérer Jenna.

Comme elle lui manquait !

Toutes les nuits depuis son départ, il avait dormi sur le canapé. Il ne voulait pas monter dans la chambre et affronter le lit qu'ils avaient partagé.

Tous les matins, il se réveillait sonné, avec des visions plein la tête. Ensuite, il ouvrait les yeux et la réalité le ramenait brutalement sur terre.

Il était seul et il avait horreur de cela.

Il avait aussi horreur de la position dans laquelle elle l'avait placé.

Mariage.

Ce mot formait une barrière entre eux, et si peu de temps après leur discussion sur le sujet. Il n'arrivait pas à comprendre pourquoi elle tenait à l'enrôler dans une institution en laquelle il ne croyait pas, si risquée qu'elle en était presque maudite.

Maintenant, ils étaient tous les deux seuls.

En quoi était-ce mieux ? Comment cette séparation pouvait-elle être sensée alors qu'ils s'aimaient tous les deux ? Alors qu'ils allaient avoir un bébé ?

Elle était partie le premier soir en emportant un sac avec elle. Elle était revenue le lendemain pendant qu'il était au travail, et en rentrant, il avait constaté qu'il ne restait plus aucune trace d'elle. La réalité l'avait presque ébranlé, mais ce qui l'avait achevé, c'était que Brent était arrivé quelques minutes plus tard et s'était introduit dans son appartement, s'installant sur le canapé avec une bière qu'il avait prise dans son réfrigérateur.

Ensuite, son ami avait eu le culot de lui dire qu'il devrait prendre quelques jours de congé loin du *Fix*.

— Tu dois rester à distance le temps que le concours ait lieu. C'était trop de stress pour Jenna. Ty et Cam peuvent te remplacer en tant que manager.

— J'ai des intérêts dans ce commerce, avait rétorqué Reece. Je ne vais pas rester à l'écart.

— Ne reste pas à l'écart pour le bar. Reste à l'écart pour elle. Elle a besoin d'espace.

— Elle en a besoin ? Et moi, j'ai peut-être besoin d'elle.

Brent avait soupiré, puis il avait regardé Reece avec de la pitié.

— Ne joue pas au con, mec. Pas plus que tu ne l'as déjà été.

Reece craqua.

— Tu crois que je devrais l'épouser ? Toi ? Après tout ce que tu as enduré avec Olivia, tu vas défendre le mariage ?

L'ironie était stupéfiante.

— Pour vous deux ? Oui, je le défends. Je te connais. Je connais Jenna. Je le vois clairement, même si ce n'est pas ton cas.

Reece avait quitté son propre appartement. La dernière chose dont il avait besoin, c'était que Brent critique sa vie depuis la ligne de touche.

Il lui avait fallu un jour ou deux, mais il s'était calmé et il était allé chez Brent pour la voir. Elle n'était pas là.

— Elle a dit qu'elle ne voulait pas se mettre entre nous, avait dit Brent pendant que Reece soulevait Faith pour la serrer contre lui. Elle est chez Amanda.

— Tata Jenna et toi, vous vous êtes disputés ? avait demandé Faith.

— Pas une dispute. Un différend philosophique.

— C'est quoi ?

— La même chose qu'une dispute, de mon point de vue, avait dit Brent. Le résultat est strictement identique, c'est la merde.

— Papa ! Tu as dit merde.

— Oui, bon, les grands font aussi des erreurs, avait répondu Brent en prenant l'enfant des bras de Reece. Parfois, on peut réparer les choses.

Après ça, Reece avait essayé de contacter Jenna chez Amanda, mais elle ne répondait pas à ses appels ni à ses messages. Quand il avait téléphoné sur la ligne professionnelle d'Amanda, elle n'avait toujours pas répondu.

— Elle m'a demandé de te dire que ce n'est pas

pour te punir, lui assura son amie. Elle t'a envoyé un e-mail.

Maintenant, les souvenirs s'accrochaient à lui, toujours crus et douloureux. Il était assis à la table de la cuisine, il avait sorti son téléphone et avait appuyé sur le message important, l'affichant pour la millième fois.

Reece,

Je suis désolée. Je sais que tu as essayé de me contacter, mais je ne peux pas. Je te jure que je n'essaie pas de te punir, de te blesser ou de t'éviter. La vérité est que j'ai trop envie de te revoir.

Le problème, c'est que je sais ce que je ressens. Ce que j'ai toujours ressenti et ce que j'ai toujours voulu. J'ai le sentiment d'avoir raison, je sens la vérité dans mes tripes. Je m'oublie avec toi, et si je te revois, je pourrais succomber. Tu as un certain effet sur moi...

Mais cette fois, je ne veux pas céder à tes demandes et je ne peux te donner tout ce que tu veux. Je sais que j'étais à toi et je le pensais. Je le pense toujours. Si tu crois que je t'ai menti, alors j'en suis désolée. Je suppose que cela voudrait dire que tu m'as menti aussi.

Je sais que tu penses que c'est injuste et je le regrette. C'est comme ça. J'aimerais que tu penses différemment, parce que je t'aime plus que je l'aurais cru possible.

Donne-moi du temps et nous pourrons parler. Mais sache ceci, je ne vais pas changer d'idée.

Je t'aime pour toujours.

Jenna.

Il relut le message à deux reprises et poussa un juron. Il ne savait pas s'il maudissait Jenna ou lui-même, difficile à dire.

Ce soir, pourtant, c'était le concours pour le calendrier et qu'elle le veuille ou non, il serait là. Il devait la voir, même si ce n'était qu'à distance. Il devait la voir et décider ce qu'il ferait ensuite.

Il lui restait quelques heures, toutefois. En attendant ? Il avait un pick-up, un lecteur CD et, après tout, c'était un véritable Texan. Il allait mettre de la musique country classique, parce que les chansons parlaient toutes de cœurs brisés et de rêves perdus, et il allait conduire jusqu'au mont Bonnell, le plus haut point de la ville. Il allait s'asseoir là-bas, regarder le fleuve, se sentir bête d'être dans un endroit aussi romantique tout seul.

Il allait réfléchir, aussi.

Déterminé, il attrapa ses clés et se dirigea vers la porte pour y trouver son père. Il n'avait pas parlé à Charlie ni à Edie de la grossesse ni du départ de Jenna, pas plus que de leur différend philosophique. Il ne voulait pas avoir cette conversation maintenant.

Le problème, c'était que son père ne montait jamais les escaliers sans raison. S'il le faisait, c'était toujours pour une conversation de cœur à cœur. Ce qui voulait dire qu'il devait certainement avoir remarqué l'absence de Jenna.

— Papa, je…

— Garde ça pour moi, lui dit son père en lui tendant un paquet de cigarettes. Et si tu me vois avec un autre paquet, il faut que tu me le reprennes. Tu m'entends, mon fils ?

— Je… commença-t-il en regardant le paquet, puis son père. Oui, bien sûr. Mais pourquoi ?

Il était sur son dos pour le pousser à arrêter depuis aussi longtemps qu'il s'en souvienne.

Les yeux de son père brillaient, mais quand il répondit, il souriait à peine.

— Il est temps. Parfois, on a la conviction que les choses doivent changer, voilà tout.

DIX-NEUF

Ce soir avait lieu le concours pour Mister Janvier. La première sélection de l'homme du mois pour le calendrier du *Fix*.

Jenna le savait, c'était certainement le plus grand événement de sa carrière. Pourtant, elle n'avait qu'une seule envie, rentrer chez elle, se cacher sous les couvertures et aller dormir.

Pendant des jours, elle avait travaillé d'arrache-pied tout en subissant les nausées matinales. Toutefois, rien de tout cela n'était aussi désagréable que de passer une journée sans Reece.

— Est-ce que je suis une idiote ? demanda-t-elle à Brent pour la centième fois.

Il faisait une vérification préalable de la sécurité avant l'événement. Il venait tout juste de terminer une conversation avec le portier et le nouveau videur qu'ils avaient embauché. La foule n'avait jamais été aussi dense. Les tickets avaient tous été vendus si vite qu'ils s'attendaient à être en surcapacité. Ils laisseraient les gens entrer à l'ouverture, mais s'ils devenaient bruyants dans la rue, Brent devait avoir un plan de secours.

— Tu n'es pas une idiote, lui assura-t-il. Nous en discuterons demain quand le concours sera terminé. C'est peut-être une suggestion un peu folle, mais notre liste de contrôle fait un bon kilomètre de long, alors...

— Je sais, tu as raison. Je suis désolée.

Ses paroles la plongèrent dans l'ambiance du travail et elle put faire une tonne de choses à la dernière minute. Elle avait recruté un étudiant du département d'art dramatique de l'Université du Texas pour assurer la mise en scène, parce qu'elle voulait être dans le public pour jauger les réactions et voir s'ils avaient besoin d'apporter des changements. Maintenant, Taylor entrait dans les détails de toute la préparation. Ses longs cheveux bruns étaient tirés en arrière en une queue de cheval. Apparemment, elle n'aurait aucun problème à gérer la soirée sans encombre.

— Nous allons y arriver, lui dit Taylor. Crois-moi, ce sera génial.

La scène était située au fond du bar, fermé pour l'événement. Chaque homme marcherait sur le tapis rouge déroulé devant lui, monterait sur la scène, retirerait sa chemise, puis dirait quelques mots au public. Certains la retireraient d'un grand geste alors que d'autres le feraient avec un peu plus de retenue. Elle avait vu toutes les photos, elle était certaine qu'aucun ne serait mauvais à cet exercice.

Jenna n'était pas peu fière de leur maîtresse de

cérémonie. Beverly Martin, qui avait récemment joué dans un film indien remarqué, avait abordé Jenna alors qu'elle commençait à redouter de devoir assurer le rôle de maîtresse de cérémonie elle-même.

Lorsque Jenna avait demandé à Beverly pourquoi elle souhaitait obtenir ce rôle et comment elle en avait entendu parler, cette dernière avait paru timide. Comme Jenna n'était pas bête, elle n'avait pas poussé les choses plus loin. Elle avait remercié tout bas l'ange gardien qui veillait sur elle, quel qu'il soit, puis elle était passée à la mission suivante.

— Tu as tout vu avec Beverly ? Est-ce que nous avons un prompteur ?

— Tout est bon. Relax.

Elle décela un rire dans la voix de Taylor.

— Tiens, dit-elle en tendant le doigt. Ce n'est pas la femme avec qui tu as rendez-vous pour le déjeuner ?

Jenna suivit le doigt de Taylor pour découvrir Brooke. Elle lui fit un signe et indiqua la table du fond, où Aly avait déjà mis en place des apéritifs.

— Des nouvelles ? demanda Jenna.

— Tout est bon ! fit Brooke, rayonnante. Les papiers avec la chaîne télé sont tous signés et Spencer est de la partie. Tout ce que j'ai dû faire, c'est vendre mon âme.

— Quoi ?

Brooke fit un geste de la main pour repousser ces paroles.

— Ne fais pas attention à moi. J'essayais seulement d'être drôle.

Jenna eut l'impression que ce n'était pas tout à fait vrai, mais elle n'insista pas.

— Dans tous les cas, félicitations. C'est un grand événement pour vous, non ?

— En effet, admit Brooke. Félicitations à vous aussi. Nous allons rendre cet endroit superbe.

— Gagnant-gagnant, dit Jenna en se levant. Je sais que je vous avais promis de déjeuner, mais allons voir Tyree pour le lui annoncer.

— Ça me va. Je ne peux pas rester pour le déjeuner, de toute façon. J'ai un million de détails à régler avant que nous commencions, mais je serai là ce soir pour le concours. J'ai hâte.

Elles trouvèrent Tyree dans son bureau, aussi stressé que lorsque Jenna l'avait laissé. Son téléphone sonna dès qu'elle eut terminé les présentations, et en voyant que c'était sa mère, elle le signala à Tyree qui lui assura qu'il répondrait à toutes les questions de Brooke.

— Maman ? Tout va bien ?

— Bien sûr. Je voulais seulement te souhaiter bonne chance pour ton grand jour.

— Merci.

Elle essaya de paraître enthousiaste, mais sa voix était un peu étranglée. *C'était* un grand jour. Il semblait seulement plus modeste sans Reece à ses côtés.

— Bon, fit sa mère. Dis-moi tout.

Jenna ouvrit la bouche pour lui dire que tout allait bien, mais à la place, elle s'entendit demander :

— Si Doug avait voulu se contenter de vivre avec toi sans se marier, est-ce que tu l'aurais fait ?

— Oh, je pense que oui. Nous formons une bonne équipe et, à notre âge, nous ne comptons pas fonder de famille.

— Alors, si vous vous étiez rencontrés plus jeunes, avant d'avoir des enfants chacun de votre côté, tu aurais insisté pour te marier ? Et s'il n'avait pas voulu ?

— Jenna, mon cœur, que se passe-t-il ?

Ce furent les mots magiques qui ouvrirent les vannes. Elle commença à tout raconter à sa mère, en commençant par le fait que Reece et elle étaient amoureux.

— C'est merveilleux, ma chérie. Tu sais que j'adore Reece. J'ai toujours pensé que vous feriez un beau couple.

— Il ne veut pas se marier.

— Avec son père comme modèle, on ne peut pas lui en vouloir.

— Mais je...

Elle s'interrompit avant de mentionner le bébé. Cela requérait un appel plus long et intime. Peut-être même un week-end en Floride pour une annonce en personne et la fête qui s'ensuivrait.

— Mais c'est important pour moi. Il le rejette totalement.

— Et toi, on dirait que tu rejettes totalement son point de vue.

— Je sais, mais...

— Écoute, chérie. Je sais que c'est dur. C'est

surtout difficile d'intégrer l'idée que, même si tu trouves une personne parfaite, tout ce qu'elle fait, ressent et pense ne le sera pas forcément. Les relations tournent autour des compromis. Je crois que tu devrais t'asseoir et décider ce qui est le plus important pour toi. Camper sur tes positions ou avoir Reece à tes côtés.

— En d'autres termes, tu veux le laisser gagner.

Sa mère éclata de rire.

— J'ignorais que tu avais encore huit ans.

— Je n'ai pas huit ans.

— Je dis seulement que tu es la seule capable d'en décider. Tu as peut-être déjà pris ta décision. Le fait que nous ayons cette conversation me laisse comprendre que tu hésites. Alors, prends ton temps, pèse le pour et le contre, et trouve de quel côté tu veux être.

— Je t'aime, maman.

Même si c'était difficile à entendre, tout ce qu'avait dit sa mère était vrai. D'autant plus que Reece l'attendait patiemment, les bras grands ouverts pour l'accueillir et la protéger.

Dès que la communication prit fin, Jenna composa le numéro de Reece, mais il ne répondit pas. Ce n'était pas de mauvais augure, pourtant après avoir essayé à trois reprises au cours de la journée sans résultat, elle commença à se sentir mal. Avait-elle attendu trop longtemps ? Avait-elle tout gâché et perdu la meilleure chose qui lui soit arrivée ?

— Je dois y aller, murmura-t-elle à Brent qui la

regarda comme s'il lui avait soudain poussé deux têtes. Je dois trouver Reece.

— Au cas où cela t'aurait échappé, le concours commence dans quinze minutes.

Elle oscilla d'un pied sur l'autre, impuissante.

— Mais je dois lui dire...

— *Jenna*.

La voix de Brent était franche et directe. Elle se figea.

— Je perds la boule, c'est ça ?

— Juste un peu. Viens ici.

Il l'attira à lui pour la serrer dans ses bras.

— Écoute, je sais que ce qui se passe avec Reece est difficile, mais il sera toujours le même enfoiré plus tard ce soir ou demain matin. Tu le trouveras à ce moment-là, continua-t-il en la faisant rire. Maintenant, nous avons le concours qui va commencer, des journalistes dans le public et une équipe de télévision pour les actualités locales. Nous espérons réussir à faire le buzz. Alors, reprends-toi, d'accord ? Parce que tu dois profiter de ce merveilleux événement que tu as organisé.

— D'accord. Je sais.

Elle pouvait tout essayer, elle n'arrivait pas à se concentrer. Dieu merci, elle avait tout délégué. Tout le monde avait un rôle clé sauf elle, puisqu'elle avait seulement prévu d'assister au spectacle depuis le fond de la salle. Heureusement, elle avait demandé à quelques personnes d'en faire de même, car elle entendait seulement la moitié de ce que disait Beverly et elle

n'avait que quelques aperçus des hommes qui para-
daient, torse nu, sur le tapis rouge et sur la scène.

Du moins, elle ne prêtait pas vraiment attention à
ce qui se déroulait jusqu'à ce que Beverly annonce :

— Nous avons un concurrent de dernière minute.

Elle se dressa sur la pointe des pieds. C'était fou !
Beverly continua son discours et Jenna dut se rasseoir.
Ses jambes ne la supportaient plus.

— Il s'agit d'un homme qui avait décliné l'invita-
tion à participer au concours, mais je suis certaine que
vous serez tous ravis qu'il ait changé d'idée. Veuillez
accueillir Reece Walker !

La musique commença et la foule applaudit
lorsque Reece apparut, s'avançant à grands pas sur le
tapis. Il gravit les escaliers pour monter sur la scène,
pour le plus grand plaisir des femmes du public.

Reece sourit et banda ses muscles, mais Jenna le
connaissait assez pour savoir qu'il le faisait sans conviction. Ce qu'il voulait réellement, c'était balayer la foule
du regard.

Il essayait de la trouver.

Elle avait envie de lui faire signe, de se lever, n'importe quoi. Elle était trop abasourdie. Elle n'avait
aucune idée de ce qu'il faisait là-haut, mais elle était
clouée à son siège, curieuse de le savoir.

— Bon, je crois que c'est le moment de dire
quelque chose, fit Reece dans le micro. Je devrais
commencer par dire que je ne suis pas vraiment un
concurrent. Voilà pourquoi je ne figure pas sur votre
bulletin. En fait, je dois dire quelque chose à quel-

qu'un et c'est le meilleur moyen que j'aie trouvé pour le faire. Puisque je suis le manager du *Fix*, j'ai un peu d'influence. Alors, s'il vous plaît, ne laissez pas mes talents scéniques détourner votre attention de nos superbes concurrents.

Il s'éclaircit la voix et changea de pose. Aux yeux du public, il avait certainement l'air assuré et confiant, mais Jenna pouvait sentir sa nervosité.

— Je suis ici ce soir pour m'excuser. Pour dire à la femme que j'aime que j'ai tout fichu en l'air. Que j'étais trop ancré dans ma façon de penser et de regarder le monde à travers mon propre prisme, au point d'en oublier de bouger et de changer d'angle de vue.

Il inspira.

— Le fait est que l'amour devrait nous ouvrir au lieu de nous refermer sur nous-mêmes. J'ai laissé mes peurs effacer tout cela. J'ai trop souvent fréquenté des femmes qui n'étaient pas faites pour moi et, le moment venu, j'ai eu peur d'admettre que j'avais la bonne entre mes mains. Je regardais les autres et je jugeais notre relation à travers eux. Je ne dis pas que ce sera simple, continua-t-il. Il y aura des moments difficiles, mais je sais que l'aventure sera belle. Comme toujours quand on aime, non ? J'aurais dû écrire tout cela parce que je commence à m'y perdre. Je ne suis pas un orateur et je n'aime pas particulièrement être sur scène, mais je devais le dire ce soir, maintenant, parce que je ne pouvais plus attendre pour lui dire que je l'aimais. Jenna Montgomery, je t'aime. Je te veux. Plus que ça, j'ai besoin de toi. Même si j'ai tout fichu en l'air, j'espère que tu me feras le grand honneur de devenir ma femme.

Elle ne pouvait pas bouger. Son corps s'était figé sur la chaise, les larmes coulaient sur ses joues. Lorsque le projecteur la trouva, elle aurait pu tuer Taylor, mais elle se contenta de hocher la tête comme une idiote en articulant *je t'aime* du bout des lèvres.

Autour d'elle, la foule éclata en applaudissements et Reece sauta au bas de la scène pour venir la rejoindre. Il la serra dans ses bras, la berçant contre lui tout en continuant leur chemin jusqu'au fond du bar. Tout le monde était debout autour d'eux, riant et applaudissant pendant que Beverly reprenait le contrôle de la foule.

Il lui fit traverser le bar, puis il l'emmena dans la ruelle où il put *enfin* la poser par terre et l'embrasser passionnément. La sensation de son corps contre le sien faillit la faire fondre à nouveau.

— Je ne peux pas vivre sans toi, dit-il quand il put récupérer son souffle. Je suis désolé d'avoir déconné.

— Non, c'est moi. Je ne veux pas que tu te forces à faire quelque chose qui te met mal à l'aise. J'ai essayé de t'appeler toute la journée pour te le dire. Je veux que nous soyons seulement tous les deux.

Il posa sa main contre le ventre de Jenna.

— Tous les trois.

— Oui, dit-elle en mettant sa main par-dessus la sienne. Tous les trois.

Ils s'embrassèrent à nouveau, langoureusement, amoureusement.

— Je le pense, dit-elle en prenant son visage entre ses paumes, incapable de se retenir de le toucher.

Elle avait besoin de cette connexion.

— Ça me va si nous ne nous marions pas. C'est toi que je veux, Reece. Seulement toi.

— Je sais. Je te crois, mais je veux me marier aussi et je veux te donner ce bonheur.

Il posa un genou à terre et sortit une petite boîte.

— Je te l'ai déjà demandé sur la scène, mais maintenant, je te regarde dans les yeux. Jenna Montgomery, veux-tu m'épouser ?

— Tu m'as acheté une bague ?

C'était une question stupide, puisqu'il avait ouvert l'écrin, révélant une bague ornée d'un diamant solitaire.

— Elle appartenait à ma grand-mère. Si tu ne l'aimes pas...

— Tu plaisantes ? Elle est magnifique. Je l'adore. Et je t'aime.

La porte de la ruelle s'ouvrit brusquement, interrompant un nouveau baiser.

— Vous deux, vous êtes un événement sur Twitter, déclara Brent, le sourire jusqu'aux oreilles. Le concours pour le calendrier arrive en deuxième position. Toutes les lignes sont occupées pour savoir quand aura lieu le second.

— C'est génial, s'exclama Jenna, les doigts entremêlés avec ceux de Reece.

— Oh, et au cas où vous vous le demanderiez, les votes sont terminés. C'était presque unanime, alors le décompte a été facile.

Il leva les yeux vers Reece.

— Félicitations, Mister Janvier. C'est le candidat ajouté à la main à la dernière minute qui remporte le concours.

Les yeux de Reece s'agrandirent alors que Jenna et Brent éclataient de rire.

— C'est ta faute, l'accusa-t-il en dirigeant un regard narquois vers Jenna.

— Bon, dit-elle d'un ton léger. Tu pourras me donner la fessée plus tard, si tu y tiens.

Brent riait aux éclats, mais à en juger par l'expression de Reece, il comptait la prendre au mot.

Jenna sourit, ivre de bonheur, et elle lui tendit son doigt pour qu'il y glisse la bague.

— Au fait, ma réponse est oui.

ÉPILOGUE

Spencer Dean s'adossa contre le bar en bois et prit une gorgée de son bourbon au moment où la foule devenait dingue. Le dénommé Reece déclarait son amour à une certaine Jenna.

Même s'il devait admettre que c'était un moment touchant, il n'était pas d'humeur.

Ses yeux balayèrent le bar, notant les détails tandis qu'il redessinait l'endroit, ajoutant des éléments, déplaçant les murs pour réaliser un chef-d'œuvre.

Ce fut à ce moment-là que son regard se posa sur *elle*. Il ignorait qu'elle serait là ce soir, mais il aurait dû s'en douter. Elle était debout, discutant avec la femme à queue de cheval que Spencer avait identifiée comme membre du personnel, qui œuvrait derrière la scène pendant le concours.

— Excusez-moi, dit-il en attirant l'attention d'une serveuse vêtue d'un t-shirt *Le Fix, 6ᵉ Rue.* Pourriez-vous dire à cette femme que j'aimerais lui parler ? La blonde, pas la brune.

— Oui, bien sûr.

Elle fronça les sourcils et il prit conscience qu'elle devait penser qu'il essayait de la draguer.

— C'est bon. Je vais travailler avec elle.

— Oh ! Vous connaissez Brooke, alors ?

— Je la connais bien.

Il changea de position, puis il fit un effort pour garder une voix détachée.

— Brooke Hamli est mon ex-fiancée, dit-il.

Les choses promettaient de devenir intéressantes.

Envie d'en découvrir plus ? Continuez à lire pour un extrait du prochain tome de la série *L'Homme du mois*…

VAGUE À L'ÂME: MISTER FÉVRIER
UN EXTRAIT

Chapitre Premier

Spencer Dean arrêta son Harley-Davidson devant l'allée qui menait au manoir Drysdale délabré, à Austin. Il avait hérité de la bécane de Richie, un classique de la Seconde Guerre mondiale, bien que le terme *héritage* ne soit pas vraiment approprié. Richie n'était pas mort, après tout. Seulement parti.

Il était parti depuis presque quinze ans maintenant, et Spencer avait accepté depuis longtemps le fait que son frère ne reviendrait pas. Toutes les personnes qu'il aimait s'en allaient pour ne jamais revenir. Elles tournaient toujours mal.

Avec un grognement agacé à cause de ses pensées larmoyantes, il éteignit le moteur, descendit et franchit la courte distance de l'allée pavée qui conduisait au portail. Il était fermé à clé, bien sûr, le boîtier sécurisé de l'agent immobilier pendait sur la grille en fer forgé.

Spencer hésita, la tête penchée pour admirer toute la majesté de la bâtisse. Ou plutôt, pour visualiser la majesté restaurée qu'il pourrait donner à cette maison de 1876. Pendant des générations, elle avait été la résidence de la famille Drysdale, des personnes influentes de la politique d'Austin. Située au bout d'une rue célèbre, à quelques kilomètres du Capitole, la maison de mille deux cents mètres carrés était une représentation époustouflante de l'architecture du Second Empire.

Henry Drysdale avait supervisé sa construction lui-même, déterminé à bâtir la maison parfaite pour sa jeune épouse. Du point de vue de Spencer, il avait brillamment réussi, et la famille Drysdale avait occupé la demeure jusque dans les années 1970, lorsqu'un membre de la famille avait vendu la propriété à une petite entreprise hôtelière pour en faire des chambres d'hôte de standing. L'entreprise avait fait faillite et la maison était tombée en décrépitude. Depuis, elle avait changé de main une douzaine de fois, mais aucun de ses propriétaires n'avait investi de l'argent pour lui rendre sa grandeur.

Maintenant, elle offrait un triste mélange de réparations et de dégâts, de restaurations ratées et d'étranges décisions. Spencer voulait changer tout cela. Il avait voulu redonner de la vie à cet endroit depuis que Richie et lui étaient entrés par effraction, un jour, alors que Spencer avait seulement dix ans. Il avait passé des heures – non, des jours – à explorer cette demeure en déclin. Tant qu'il était entre ces murs, tout le reste disparaissait. Il s'agissait seulement de Spencer et Richie, sans l'influence des Huit Rouges qui incitaient son grand frère à glisser dans le monde des gangs contre lequel leur père avait tant essayé de les protéger.

Spencer avait quinze lorsque Richie avait été arrêté, et même après son départ, il avait continué de venir ici, s'y infiltrant comme un voleur dans la nuit. C'était son jardin secret. Un sanctuaire. Avant Brooke, il n'y avait jamais invité qui que ce soit.

Ils avaient fait l'amour pour la première fois dans cette maison. Avec des chandelles derrière les fenêtres barricadées, d'épaisses couvertures pour les piqueniques sur le sol. Il était totalement fou amoureux d'elle. Son intelligence et son ambition l'emplissaient d'humilité. Son corps l'excitait. Ses douces courbes et la manière dont elle se donnait à lui avec un tel abandon confiant.

Il avait nettoyé les nids et les débris dans l'une des cheminées et ils y avaient fait un feu lors d'une nuit d'hiver, risquant par amour de se faire pincer. Ses cheveux d'or brillaient à la lueur du feu, et lorsqu'elle avait lentement retiré sa robe, se retrouvant nue devant lui tout en lui faisant signe d'approcher, il s'était dit qu'aucun homme sur terre n'avait jamais été aussi chanceux.

Il n'avait jamais compris pourquoi elle aimait un homme comme lui. À ses yeux, c'était un vrai miracle. Pourtant, c'était le cas. Cette nuit-là, il avait juré que, d'une manière ou d'une autre, il restaurerait cette maison et il ferait cadeau de ce trésor à Brooke. Un manoir égal à sa beauté. Tout comme Henry Drysdale l'avait fait pour la femme qu'il aimait.

Ce rêve, bien sûr, était mort cinq ans plus tôt.

Alors, que faisait-il ici maintenant ?

N'était-ce pas la question du moment ? Il était là parce que cette maison était sa grande baleine blanche, son Moby Dick. Ce qu'il voulait, ce qu'il désirait. La posséder. Lui insuffler la vie à nouveau. Ce faisant, il voulait prouver qu'il méritait d'en être le propriétaire.

Il se tenait à cet endroit précis six mois auparavant. Une semaine après son retour à Austin. Il avait décidé à ce moment-là de mettre son projet à exécution. L'état lamentable de ses finances ne l'arrêterait pas.

Après un coup d'œil furtif derrière lui afin de s'assurer que personne ne le regardait, il sortit son crochet à serrure de type cran d'arrêt que Richie lui avait offert une semaine avant que la police ne l'embarque. Tout bien considéré, Spencer préférerait avoir son frère, mais quand le verrou du portail céda, il dut admettre que les techniques que son frère lui avait apprises s'avéraient pratiques.

Richie était peut-être perturbé, mais il avait toujours soutenu Spencer. C'était lui qui s'était battu pour que le garçon puisse entrer à la Trinity Académie avec une bourse intégrale, le poussant et encourageant leur père à remplir les demandes de candidature et à trouver des recommandations. Il avait appris à Spencer à faire du vélo et à forcer les serrures. Il l'avait aidé à faire la charpente de sa première maison quand il avait tout juste quatorze ans, lui avait montré comment poser des briques. Richie avait toujours été très doué de ses mains.

Dommage que ces mêmes mains aient tenu une arme. Mauvais endroit. Mauvais moment.

Richie avait peut-être raté sa vie, mais il avait toujours été le champion de Spencer. Il le soutenait toujours.

Sauf en ce qui le concernait.

Richie grimaça.

Pendant des années, il avait chassé Brooke Hamlin de son esprit. Ces derniers temps, ces pensées revenaient. Elle était dans sa tête. Il ne semblait pas pouvoir l'en déloger.

C'était à cause de la maison, bien sûr.

Le voilà de nouveau, son esprit débattant sur le pour et le contre de l'acquisition de la propriété.

Envisageait-il d'acheter cet endroit malgré elle ? Ou *pour* elle ? Pour prouver qu'elle le méritait, même si elle ne l'apprenait jamais ?

Non, se dit-il résolument. Il le faisait parce qu'il aimait la maison. Sa structure. Sa nature.

Et bien sûr, les souvenirs qui l'accompagnaient.

En jetant un regard rapide dans la rue, il se glissa à l'intérieur par le portail ouvert, persuadé que personne ne l'avait vu dans la lumière déclinante. La maison était peut-être près du centre-ville, mais c'était la dernière au bout d'une impasse et le portail de l'allée était abrité par un grand chêne.

Il referma le portail derrière lui en se promettant d'huiler les joints quand il en serait propriétaire, puis il suivit le sentier de pierre, traversant le jardin envahi par les mauvaises herbes jusqu'à la porte de la cuisine. Elle était également fermée, mais ici, il n'avait pas besoin de crocheter la serrure. La fenêtre du coin petit-déjeuner avait été barricadée, or il était facile de retirer une planche de l'encadrement, pourri à cause du manque d'entretien et de l'exposition aux intempéries.

Il se glissa à l'intérieur en utilisant son téléphone pour éclairer devant lui. Il s'était tenu à cet endroit précis avec Brooke, la main dans la main pendant que la pluie s'abattait sur le bâtiment et que la lumière des éclairs révélait son doux et innocent sourire.

À cette époque, il pensait que cette jolie image était réelle. Il sut bien assez tôt qu'elle n'était pas innocente du tout.

Qu'elle aille au diable. Et s'il la laissait emplir son esprit, il ne méritait pas mieux.

S'efforçant de l'oublier, il progressa lentement dans la maison, examinant chaque chose avec son œil d'expert. Le parquet rayé et sans éclat. Le chambranle robuste, entaché par de la peinture écaillée, lézardé et fissuré. Le bois couvert de poussière de la rampe d'escalier finement sculptée. Le verre brisé qui jonchait le sol. L'eau avait taché et déformé le parquet. Des fils dénudés pendaient du plafond. Le papier peint qui se décollait révélait des taches brunâtres.

Pendant un moment, il resta là, sur le tapis spongieux, la colère bouillant dans ses veines devant cette majesté que l'on avait laissé flétrir.

Il n'en fallut pas plus. Ce fut le déclencheur. Le moment décisif.

Plus d'hésitations. Plus de considérations.

Peu importe les négociations qu'il faudrait, les promesses qu'il devrait faire, cette maison serait à lui.

Il éteignit l'application lampe torche de son téléphone, puis il appuya sur le bouton pour passer un appel express à son agent.

— Ils sont intéressés, dit Gregory sans préambule.

À l'intérieur, Spencer serrait mentalement les poings. À l'extérieur, il se forçait à rester calme et professionnel.

La veille, il avait demandé à Gregory de tâter le terrain avec Molly et Andy, les cadres qui s'occupaient de son ancienne émission *Chez Spencer*. Après la débâcle avec Brian, son ordure de directeur financier, Spencer avait quitté l'émission, leur laissant suffisamment d'émissions pour terminer la saison, mais refusant d'en enregistrer une nouvelle tant que les choses ne seraient pas claires avec l'enfoiré qui l'avait arnaqué.

C'était il y a un an, et la chaîne ne cessait de le persécuter, lui jurant de passer l'éponge et d'oublier qu'il était en rupture de contrat s'il acceptait de faire une autre émission. Pourtant, l'idée d'une autre saison en face des caméras n'intéressait pas du tout Spencer. Tout ce qu'il voulait, c'était le travail, et Hollywood lui avait retiré ce plaisir.

Spencer n'avait jamais voulu être reconnu au supermarché ni qu'on parle de lui dans les magazines. Il ne voulait pas que ses tragédies personnelles soient partagées sur les réseaux sociaux. Il voulait se laver les mains de tout cela.

Il était allé jusqu'à discuter avec Gregory de ce qu'il faudrait pour racheter la fin de son contrat. Malheureusement pour Spencer, il lui en coûterait l'intégralité de son compte bancaire déjà mis à mal.

Six mois plus tôt, il était revenu à Austin. Le manoir Drysdale avait surgi devant lui, lui faisant promettre de trouver coûte que coûte une solution pour l'acquérir.

La veille, il avait donc appelé Gregory et lui avait résumé l'émission. *Restauration du Manoir*. Les termes étaient simples. Spencer paierait l'hypothèque de la maison, mais l'émission financerait les rénovations.

Ce n'était pas gagné, Spencer le savait. Hier, il était prêt à se détourner du manoir Drysdale si la chaîne lui disait non. Aujourd'hui, en revanche, un rejet lui transpercerait le cœur. Si la chaîne refusait, Spencer ne savait pas comment il s'y prendrait. Tout ce qu'il savait, c'était qu'il devrait trouver un autre moyen d'en devenir propriétaire.

Alors, maintenant, que Gregory lui annonce que la chaîne était intéressée par la proposition de Spencer, c'était certainement la meilleure nouvelle qu'il ait entendue.

— Ils ont compris que le titre de propriété serait en mon nom ? demanda-t-il. S'ils veulent que je fasse l'émission, ils devront financer les rénovations elles-mêmes ou trouver un sponsor pour le matériel et les outils. Je parle de parquet, tuiles, verre, appareils, plomberie. La totale. Ils ont bien compris ça, hein ?

— Ils l'ont compris, confirma Gregory. Et ils te suivent.

— Mais... ? insista Spencer.

Il connaissait bien son agent et il avait perçu la seconde d'hésitation dans la voix de Gregory.

— Un petit détail, dit ce dernier sur un ton qui suggérait que ce n'était pas un simple détail, au contraire.

— N'essaie pas d'arrondir les angles, Gregory. N'essaie pas de me contrôler ni de me dire ce que je dois penser des exigences débiles de la chaîne.

— Ils te donnent l'émission. Tu auras le titre de propriété de la maison.

Spencer sentit ses entrailles se nouer.

— Mais ?

— Mais ils veulent que *Restauration du Manoir* soit un nouveau contrat.

— Un nouveau contrat ? Je leur dois déjà une émission. Pourquoi pas...

— Parce qu'ils savent déjà quelle émission ils veulent que tu fasses pour eux. Si tu n'es pas d'accord, ils ne te donneront pas le feu vert pour le projet du manoir.

— Je me fous de tout ça, dit Spencer. Persuade-les de changer d'idée.

— Depuis combien de temps est-ce que je travaille pour toi ? Enfin, Spencer, ne me prends pas pour un abruti. Tu sais bien que j'ai déjà essayé.

Merde.

— Quelle émission ?

— Aucune idée. Je sais seulement que c'est une émission avec une courte saison, à laquelle tu dois participer avec une co-animatrice. Le thème est la rénovation d'un bar du coin. Ça se passe ici, à Austin. C'est plus facile.

— Merde, Gregory. Tu sais ce que je pense de tout ça. Je veux en sortir. Si tu voulais me négocier un contrat d'édition, je te dirais de te faire plaisir. Mais j'en ai fini de faire les joli-cœur à la télévision.

— Alors, sauf si tu as engrangé beaucoup d'argent quelque part, tu peux dire au revoir au Manoir Drysdale.

— Tu me dis que je suis foutu.

Il inspira vivement, frustré.

— Merde, s'exclama Spencer. Tout ce que je veux...

— Je sais ce que tu veux. Je connais ta situation. Tu n'as pas l'argent pour racheter ton contrat. Tu rêves d'une maison qui est un trou à rats, mais qui a un énorme potentiel. Tout ce que tu as à faire pour l'obtenir, c'est une petite saison avec une partenaire. Rien n'est foutu, mon ami. Je vois ça comme une chance.

Spencer ouvrit la bouche pour protester, mais il se ravisa. Ce n'était pas idéal, évidemment, mais Gregory avait peut-être raison. Ça valait peut-être le coup.

— Parle-leur. Ils sont en ville et ils veulent te voir demain. Allez, Spencer. C'est un petit prix à payer.

— D'accord. Je vais leur parler, dit-il. À quel endroit ? Au fait, qui sera la co-animatrice ?

— L'établissement s'appelle *Le Fix*, sur la 6ᵉ Rue.

— Hmm.

— Tu le connais ?

— C'est un bar sympa. J'y suis allé à quelques reprises pour boire un verre, prendre l'apéritif. L'immeuble a une bonne charpente, mais il y a un tas d'améliorations possibles.

— Voilà, tu vois que tu peux y trouver de l'intérêt. Je vais leur dire que tu...

— Qui ? demanda Spencer en insistant sur la syllabe pour montrer l'importance de la question. Est-ce qu'ils t'ont dit avec qui je serai associé ?

— Quelle importance ? Tu en as besoin, Spencer. Si tu veux restaurer le Manoir Drysdale, nous savons tous les deux que c'est le seul moyen.

Des sonnettes d'alarme retentissaient à ses oreilles

— Qui ? répéta-t-il.

— Assiste à la réunion, et...

— Dis-moi avec qui je vais travailler, bordel.

— Brooke Hamlin, dit enfin Gregory, dont la voix était à peine plus qu'un murmure.

Ce nom le transperça avec le tranchant d'une épée, tout aussi mortellement.

— Ils veulent que tu travailles avec Brooke.

NOS ADORABLES MENSONGES

Je ne crois pas aux relations, mais je crois à la baise.

Pourquoi, me demandez-vous ? Bon sang, je pourrais écrire un bouquin. *Petit Guide vers le succès financier, émotionnel et professionnel.* Mais franchement, pourquoi s'embêter avec un livre alors que la thèse entière se résume à cinq mots : Ne vous engagez pas. Baisez.

Écoutez-moi bien.

Les relations, ça prend du temps, et quand vous essayez de lancer votre société, vous devez consacrer chaque heure de votre vie au travail. Vous pouvez me croire. Ça fait quelques mois que mes amis et moi avons créé Sécurité Blackwell-Lyon, et nous bottons des culs vingt-quatre heures sur vingt-quatre et sept jours sur sept. Missions, réunions, et développement d'une solide base de clients.

Nos engagements s'avèrent payants. Je vous garantis que notre tableau de service ne serait pas aussi bien rempli si je passais une grande partie de mon précieux temps de travail à répondre aux messages d'une petite amie qui manquerait de confiance et me demanderait pourquoi je ne lui envoie pas de sextos toutes les dix minutes. Alors, zappez les relations amoureuses et vous verrez vos affaires prospérer.

Et puis, les coups d'un soir n'exigent pas de cadeaux ni de fleurs. Un verre et un dîner, peut-être, mais de toute façon, il faut bien manger, non ? Un déjeuner gratuit, ça n'existe peut-être pas, mais on peut très bien baiser à l'œil.

En fait, ce sont les avantages émotionnels qui m'intéressent le plus. Pas besoin de marcher sur des œufs parce que madame est d'humeur casse-pied. Pas de piège parce qu'elle exige de savoir pourquoi j'ai préféré la soirée poker au dernier mélo à l'eau de rose avec un acteur métrosexuel bronzé coiffé d'un chignon. Pas d'inquiétude à se demander si elle se tape un autre type quand elle ne répond pas à ses messages.

Et surtout, finis les gouffres abyssaux de chagrin quand elle rompt vos fiançailles deux semaines avant le mariage parce que, tout compte fait, elle ne sait plus trop si elle vous aime.

Non, je ne suis pas amer. Plus maintenant.

Mais je suis lucide.

La vérité, c'est que j'aime les femmes. Leur rire. La sensation de leur corps. Leur parfum.

Je prends mon pied en leur procurant du plaisir. Quand elles se liquéfient dans mes bras et me supplient de leur en donner plus.

Je les aime, certes. Mais je ne leur fais pas confiance. Et je ne me ferai pas baiser une seconde fois.

Pas comme ça, en tout cas.

Alors voilà. C.Q.F.D.

Je ne fais pas dans les relations. J'ai des histoires d'un soir. Je mets un point d'honneur à offrir à chaque femme qui partage mon lit l'aventure de sa vie.

Mais c'est un chemin à sens unique et je ne reviens pas en arrière.

C'est ma façon de faire. J'ai arrêté les relations il y a longtemps.

Alors, quand je me gare devant le Thym, ce nouveau restau à la mode dans le quartier huppé de Tarrytown, à Austin, et que je remets mes clés au voiturier, je m'attends à la procédure habituelle. Des bavardages sans conséquence. Quelques apéritifs. Un peu trop d'alcool et l'adrénaline qui l'accompagne. Puis un saut dans mon appartement du centre-ville pour un peu d'action en milieu de semaine.

Or, au lieu de ça, je tombe sur *elle*.

BLACKWELL-LYON SÉCURITÉ
Nos adorables mensonges
Nos drôles de jeux
Nos belles erreurs
Nos plus beaux rôles

DÉCOUVREZ DAMIEN STARK

Seule sa passion pourra la libérer...

La trilogie initiale :
Délivre-moi
Possède-moi
Aime-moi

La suite de la saga :
Retiens-moi
Protège-moi
Damien

Découvrez Damien Stark dans la série où tout a
commencé, best-seller primé dans le monde entier.

À PROPOS DE L'AUTEUR

J. Kenner (alias Julie Kenner) est une auteure de best-sellers internationaux figurant aux classements des journaux *New York Times, USA Today, Publishers Weekly* et *Wall Street Journal*. Elle a écrit plus d'une centaine de romans, de romans courts et de nouvelles dans toutes sortes de genres littéraires.

Selon *Publishers Weekly*, JK est une auteure qui a un « don pour le dialogue et la création de personnages excentriques », et le *RT Bookclub* estime qu'elle a su « répondre aux besoins du marché en créant des anti-héros scandaleusement attirants et dominateurs, et des femmes qui fondent pour eux. » Six fois finaliste de la prestigieuse récompense RITA (*Romance Writers of America*), JK a remporté son premier trophée RITA en 2014 pour son roman *Claim Me* (tome 2 de sa trilogie *Stark*) et le second en 2017 pour son roman *Wicked Dirty*. Elle a vendu des millions de livres, publiés dans plus de vingt langues.

Au cours de sa précédente carrière, JK a exercé comme avocate en Californie du Sud et au Texas. Elle vit actuellement dans le centre du Texas, avec son mari, ses deux filles et deux chats plutôt lunatiques.

Visitez son site web www.juliekenner.com pour en

savoir plus et pour entrer en contact avec JK sur les réseaux sociaux !

www.jkenner.com

facebook.com/jkennerbooks

twitter.com/juliekenner

bookbub.com/authors/j-kenner

Made in the USA
Monee, IL
29 December 2021

87538021R00164